यादों का बक्सा

बलिदान परम धर्मः

सौरभ रॉय

INDIA · SINGAPORE · MALAYSIA

भारतीय सेना के अदम्य साहस,
शौर्य और समर्पण के नाम !!

जय जवान

भारत माँ और उन सभी मां को समर्पित
जिनके बच्चे घर लौट न सके।

आत्रेयी...

ये तुम्हारे लिए जिसने मुझे लिखने की प्रेरणा दी और जिसके लिए मेरी किताब उसका सपना हो।

अनुक्रमणिका

अनुक्रमणिका
. . . .

पहला कदम

बचपन में स्कूल में पढ़ी ये पंक्तियां मेरे जेहन में हमेशा अमिट रही। इन शब्दों के भाव इतने गहरे थे कि मुझे यकीन हो गया कि जिस दिल में देश के लिए प्यार नहीं, वो दिल पत्थर का है। इसीलिए महान भारत, उसके राष्ट्रकवि मैथिलीशरण गुप्त और भारतीयता को दिल मे लेकर चलने वाले हर हिंदुस्तानी को नमन करते मैं पहला कदम बढ़ा रहा हूँ।

मैं रांची में जन्मा, परमवीर अल्बर्ट एक्का की मूर्ति देखते बड़ा हुआ। मैं सोचता था कि बंदूक पकड़े ये लांसनायक कौन है जिसकी इतनी बड़ी मूर्ति शहर के सबसे मेन चौराहे पर है। एक दूसरे चौक पर परमवीर अब्दुल हमीद की मूर्ति देखी। तब पता चला कि परमवीर नाम नहीं सम्मान है जो उनके सर्वोच्च बलिदान के लिए मिला।

फिर 99 की गर्मियों में टीवी पर पहली वॉर देखी। मेरी पूरी पीढ़ी ने पहली दफा तब जाना-देखा कि भारत पाकिस्तान के बीच युद्ध का मतलब क्या होता है। इससे पहले तक सरहद पर लड़ाई की सारी कहानी जेपी दत्ता की 'बॉर्डर' से मिली हुई थी। उस लड़ाई में विक्रम बत्रा जैसे जांबाज़ देखे, सौरभ कालिया जैसे मज़बूत दिल वाला फौजी देखा जिसके साथ यातना की हर हद पार हो गयी

फिर भी उसके लब पर हिंदुस्तान आबाद रहा। हज़ारों जवानों की जयकार देखी, सैंकड़ों सपूतों को तिरंगे में लिपटा देखा।

बलिदान से लाल लड़ाई के आखिर में टाइगर हिल्स पर लहराता तिरंगा देख समझ गया कि ये करोड़ों हिंदुस्तानियों की फतह थी।

पर देश की सीमा सुरक्षित रखने और आपको जश्न का मौका देने की कीमत सैंकड़ों परिवार अपने बच्चों की कुर्बानी से चुकाते हैं। ऐसा बलिदान जिसमें आप सिर्फ शौर्य गाथा पढ़ते हैं, लेकिन एक परिवार उसका दर्द झेलता है। ताउम्र।

मैं हमेशा से मानता रहा कि देश के लिए लड़ना और शहीद हो जाना एक सौभाग्य है। वो सौभाग्य जो सबके नसीब में नहीं होता। एक दिन सबको मरना है। बस तरीका अलग होता है, उसके बाद की बात अलग होती है। और अंतिम वक़्त में तिरंगे में लिपटे होने से ज़्यादा सम्मान मौत के किसी तरीके में नहीं। वो जवान जिसे सेना की सलामी मिलती है, देश से प्यार मिलता है, मातमी धुन जिसकी गौरवगाथा कहती है। उस सपूत की शहादत सालों तक याद की जाती है और उसका आंगन अमर हो जाता है।

पर मैं ये भी विस्वास करता हूँ कि देश की आन-बान-शान के लिए शहीद हो जाने वाले फ़ौजियों से भी बहादुर उनका परिवार होता है। जो मां-बाप खुद ज़िंदगी के आख़िरी पड़ाव पर हो, उनके कंधे पर जवान बेटे की अर्थी का दर्द शब्दों में समेटा नहीं जा सकता।

एक पत्नी जो नयी ब्याही हो, चंद महीने पहले दुल्हन बनकर आयी हो वो विधवा होती है तो पति की शहादत का दर्द उसे तोहफे में मिलता है। एक बीवी की व्यथा कौन समझेगा जिसकी मांग सूनी हो गयी और आँचल में तीन बच्चों की ज़िम्मेदारी हो।

उस बच्ची के जज़्बात और खालीपन का अंदाज़ा कोई नहीं लगा सकता जिसके पिता तब शहीद हो गए जब वो मां के कोख में थी। उस बहन की पीड़ा कोई और महसूस नहीं कर सकता, जिसके पास राखी बांधने के लिए कोई भाई नहीं बचा।

इतने के बाद जब कारगिल में शहीद मेजर पद्मपाणि आचार्य की बेटी अपराजिता आचार्य जिसका जन्म पिता की शहादत के 3 महीने बाद हुआ वो सेना का हौसला बढ़ाती हैं तो ये बहादुरी है।

प्रज्ज्वल समरीत जब आईआईएम का ऑफर ठुकरा अपने शहीद पिता की तरह बनने आईएमए जॉइन करता है तो ये बहादुरी है।

आकृति सूद जब ताबूत में बंद अपने पति मेजर अनुज सूद से लिपट कर बिलख पड़ी तो आंसू सबके आंखों में भर गए। पर शौर्य चक्र लेते वक्त सफ़ेद साड़ी में जो गर्व और शहादत का तेज उनके चेहरे पर था वो बहादुरी है।

मात्र पांच महीने की शादी के बाद विधवा हो गयी स्मृति सिंह जब राष्ट्रपति से कीर्ति चक्र लेकर बताती हैं कि उनके शहीद पति अंशुमान सिंह कहा करते थे कि वो कोई साधारण मौत नहीं मरेंगे, तो ये गौरव की अमरगाथा है।

70 साल की मां और 77 साल के पिता जब अपने सामने बेटे की अर्थी देखकर फफक पड़े और फिर भी कह जाए कि उन्हें गर्व है कि उनका बेटा देश के लिए शहीद हुआ तो ये बहादुरी की मिसाल है।

सरहद पर या देश के भीतर। पुलवामा, डोकलाम, तवांग, चुराचांदपुर, पलामू, बस्तर, मलकानगिरी, लालगढ़, गढ़चिरौली, लोंगेवाला, सिंध, कछार जैसे कई अनगिनत जगहें हैं जो हमारे जवानों के बलिदान और उनके लहू से लाल रहते हैं। हम और आप यहां जाने से डरते हैं और हमारे फौजी हैं जो इन जगहों पर तैनात

होकर हमें यकीन दिलाते हैं कि वो रहे न रहे देश आबाद रहेगा। ऐसे सपूत जब देश के लिए हंसते-लड़ते कुर्बान हो जाते हैं तब इनके परिवार के पास उनका लाल, ताबूत में बंद होकर आखिरी बार घर आता है। उसके बाद सिर्फ वो तिरंगा जिसमें वो आखिरी बार लिपटा, कुछ सामान और उसकी यादों से भरा बक्सा बच जाता है। खून से सनी वर्दी, उसके सीने पर चमचमाने वाले सितारे, बंद घड़ी, प्यार से भरे खत और कुछ तस्वीरें जो लगता है अब बोल दे। बस यही बच जाता है जब खुलता है यादों का बक्सा।

भारतीय युद्ध स्मारक हज़ारों जवानों के बलिदान का प्रतीक है। वहां दर्ज हर नाम अपने साथ कुर्बानी की अमर गाथा समेटे है। सिपाही-लांसनायक से मेजर-कर्नल तक, गोलियां न नाम और पद देखती है न जात और धर्म। मरने के बाद उन सपूतों की पहचान एक हो जाती है। भारत माँ की माटी पर वो सपूत अमर हो जाता है, जिसकी शहादत की कहानियां सदियों तक नए भारत को सींचती हैं।

पर उन जवानों के नाम एक अमर ज्योत मेरे अंदर भी जलती है हमेशा। आज उन्हीं सपूतों और बहादुर परिवारों की, कुछ कहानियां लेकर आया हूँ। वो कहानी जो मुझसे जुड़ी हैं या जिससे मैं जुड़ गया। जिसकी बात दिल के किसी कोने में बर्फ की तरह जम गयी, जिसकी तासीर गर्म है पर वो सुकून देती है कि हमारे देश की मिट्टी में कुछ बात तो है कि हस्ती मिटती नहीं हमारी। भारत माँ को कितना गर्व होता होगा अपने सपूतों पर जो उसकी ख़ातिर हंसते-हंसते कुर्बान हो जाते हैं। लेकिन उसके बाद जो बचा है उसकी बातें सुनकर रूह कांप जाती है। ऐसी कहानियां जिसको पढ़कर शायद ये ख्याल भी आ जाए कि बलिदान की गाथा ज़्यादा महान है या कभी लौटकर न आने वाले सपूतों के परिवारों के संघर्ष का हर सवेरा।

भारत माँ और उसके सपूतों के नाम पढ़िए यादों का बक्सा।

यादों का बक्सा बंद रहता गर...

लिखना मेरा शौक रहा है। लेकिन मेरी लिखावट किसी दिन एक किताब की शक्ल ले ये आत्रेयी का सपना था। शादी के पहले से वो मुझे इस बात के लिए प्रेरित करती रही कि मैं लिखूं। एक किताब जिसपर मेरा नाम हो। उसी सपने की छोटी, पर पहली कोशिश आज मैं कर रहा हूँ। इसलिए ये किताब आत्रेयी के कारण, उसके सपनों के लिए है।

बचपन में क ख ग से मेरी पढ़ाई शुरू करवाने वाली मम्मी (लीला रॉय) थी और जिस एक व्यक्तिव को आदर्श मानकर मैंने लिखना सीखा वो पापा (ब्रजेश रॉय) थे। आज मैं जो हूँ उन दोनों के शिक्षा, संस्कार और संघर्षों के कारण हूँ।

शादी के बाद मुझे एक और मम्मी-पापा मिले। मम्मी (कुहू बिस्वास) हर कोशिश में हौसला बढ़ाने वाली है। पापा (आशीष बिस्वास) अब इस दुनिया में नहीं है, पर जहां होंगे वहां से आशीर्वाद दे रहे होंगे। बिल्कुल मेरे दादा-दादी की तरह, जो बचपन से मेरी हर बदमाशी के बाद भी मानते थे कि एक दिन मैं कुछ अच्छा करूंगा।

मेरे भाई-बहन (गोलू और शुभम) जो हर रास्ते, हर मैदान, हर काम में न सिर्फ मेरा साथ देते बल्कि ये विस्वास रखते कि देर-सबेर मैं सफल हो जाऊंगा। इसके साथ अजीत जी और अनुराग जो हर फैसले में भाई की तरह साथ देते, यकीन रखते।

स्लेट पर पहला अक्षर लिखने से एक किताब लिखने की कोशिश तक का रास्ता अकेले तय नहीं होता। हमसे जुड़े या हम

जिनसे जुड़े हैं, वो सब किसी न किसी तौर पर उस सोच पर असर छोड़ते है जो एक किताब की शक्ल में कागज़ पर उतरता है। मेरे साथ भी यही हुआ। ऊपर मेरे बेहद करीबियों के बारे में छोटी सी पहचान है। छोटी इसलिए कि खुद उनके योगदान पर लिखी जाए, तो किताब कम पड़ जायेगी।

परिवार बड़ा है। छोटे दादा से चाचा-चाची, बुआ-मामा, मामी-मौसी और भाई-बहन से नानी तक सब का प्यार-आशीर्वाद मेरे सफर में हमेशा साथ रहता है। मैंने यादों का काला बक्सा पहली बार अपने घर देखा था जब एयर फोर्स से रिटायर होकर चाचा घर वापस लौटे थे। सेना की शुरुआती कहानियाँ वहीं से मिली थी। भाई सोनू (सुमीत रॉय) एयर फोर्स स्टेशन के अंदर गुज़रे बचपन की बातें बताता।

दोस्तों की फेहरिस्त बहुत लंबी नहीं पर जो है वो बहुत ख़ास हैं। स्कूल-कॉलेज से मीडिया और बैंक तक की जर्नी में लोग जुड़ते गए, कारवां बनता गया। जो आया कुछ न कुछ सिखाकर गया। इस ज़िंदगी में सबने अपनी अमिट छाप छोड़ी है।

योगदान तो तकनीक और बदलाव का भी रहा। मैंने कभी सोचा नहीं था कि कुछ इंच लंबी मोबाईल में अपनी भाषा में टाइप करते एक दिन एक डॉक्यूमेंट किताब जैसा बन जायेगा।

देश के तमाम अखबार, न्यूज़ चैनल, मैगज़ीन, न्यूज़ पोर्टल, यूट्यूब चैनल्स, सोशल मीडिया और तमाम दूसरे माध्यम जो इस किताब के लिए मेरी रिसर्च में मेरे मददगार रहें उनका विशेष तौर पर आभार।

उस ऊपर वाले को धन्यवाद और प्रणाम दोनों ही। जिनके इशारे के बगैर पत्ता तक नहीं हिलता।

और अंत में गूगल, मेरा सात साल का बेटा। उम्मीद है कि जब वो बड़ा हो जाये तो उसके लाइब्रेरी में एक ही सही, पर उसके

पापा की लिखी किताब भी हो। शायद उसे उस वक़्त अच्छा लगे। इसीलिए ये छोटी सी कोशिश कुछ बड़े जांबाज़ों की कहानी बताने को।

जय हिंद।
जय भारत॥

सच्ची घटनाओं से प्रेरित

(बलिदान की हर कहानी सच्ची है। हर बलिदानी का नाम, उससे जुड़ी घटनाएं जैसे घटित हुई वैसे ही बताने कि कोशिश है। शहादत की सच्ची कहानियों को लिखने में कुछ प्रसंगों का नाट्य रूपांतरण हुआ है, जिसका मकसद किसी की भी भावनाओं को ठेस पहुंचाना नहीं है, बल्कि सिर्फ और सिर्फ यही मकसद है कि हमारे सपूतों के आँगन का दर्द उन किवाड़ों पर भी दस्तक दे पाए जो अब तक बंद रहे हैं। कहानी बनकर किसी एक के दिलों-दिमाग में भी मेरे ये हीरो रच-बस जाए, तो अपनी इस कोशिश को मैं सार्थक मानूँगा। फिर भी कुछ गलती या कमी रह गई हो तो माफ़ी चाहूँगा)

कारगिल युद्ध की 25वीं वर्षगांठ पर शहीदों को मेरा नमन!

देश के हर वीर और वीरांगनाओं को जन्म देने वाले परिवारों को मेरा बारम्बार प्रणाम!

शहादत और सम्मान की भावना साथ.. इसलिए कविता-कहानी भी साथ..

"सेवा परम धर्म:"

सर्विस बिफोर सेल्फ

(खुद से पहले सेवा के बारे में सोचना)

आदर्श वाक्य: इंडियन आर्मी

यादों का बक्सा

अब बस वो वर्दी बची है, वो जूते बचे हैं

सीने पर चमकता वो तमगा बचा है

तिरंगे में लिपटी वो आत्मा बची है

अब बस यादों का वो बक्सा बचा है।

कह कर गए थे लौटकर वापस आऊंगा

जब दस्तक सुनी तो दौड़कर खोला किवाड़

कोई नहीं था सिवाय संदेश शहादत का

उस वक़्त बस यादों से भरा बक्सा मिला था।

जिन धुनों पर रोंगटे खड़े हो जाते थे

आज वो धुन उनकी मातम का था

क्या बिगाड़ा था मैंने या उन्होंने किसी का

जो इस उम्र में बस यादों का बक्सा मेरे हिस्से था।

क्या कहूँ उस माँ को

जिसके आंसू अभी तक सूखे नहीं

क्या कहूँ उस विधवा को

जो अब तक खून से लथपथ वर्दी को सीने से लगाये रखी है

क्या समझाऊं उस अबोध को

कि जिसका वो तारा था वो खुद सितारा बन गया

कैसे बयां करू दर्द उस आँगन का जिसके पास सिर्फ

यादों का बक्सा बच गया।

जब आप सो रहे थे चैन की सांस

तब आपकी खातिर कोई जवान ले रहा था अंतिम सांस

देश पर कुर्बान हो गया भारत माँ का एक लाल

उसके परिवार के पास बच गया बक्से में बंद यादों भरे कई साल

मरणोपरांत उस परमवीर को मिल गया एक चक्र

आंसुओं के समंदर में भी दिखने लगा फक्र

देश पर मर मिटना सम्मान है

पर साथ में मिलता यादों का बक्सा है।

"युद्धाय कृतनिश्चय:"

(यश के साथ युद्ध)

आदर्श वाक्य: गढ़वाल राइफल्स

1999

जुलाई की वो सुबह सुहानी थी। रांची में आमतौर पर मॉनसून के महीने में बारिश के बाद थोड़ी ठंडी रहती थी। उस दिन भी आसमान में काले बादल मंडरा रहे थे और शहर से बाहर श्रद्धानंद बाल मंदिर की ओर मेरी स्कूल बस बढ़े जा रही थी। स्कूल पहुंचा तो पता चला कि 11 बजे हाथ में तिरंगा लेकर हमें स्कूल से थोड़ी दूर पर स्टेट हाईवे में खड़े होना है। तब कुछ और पता हो न हो, इतना पता था कि अभी 15 अगस्त आने में बहुत टाइम है और इतनी जल्दी परेड रिहर्सल होगी नहीं। फिर तिरंगा लेकर क्या करना है?

कुछ 10.30 बज रहे थे तो हमे लाइन में चलने को कहा गया। बाहर आसमान से बरखा रानी बरस रही थी और हमें हिदायत थी कि रुकना नहीं है। लाइन में चलते रहना है। हम भींग रहे थे, पर फिर भी सड़क के एक किनारे खड़े थे। स्कूल के बच्चे, टीचर, आसपास के गांववाले सब। ऐसे जैसे किसी का इंतज़ार कर रहे हो। एक हाथ में तिरंगा, एक हाथ में गेंदा फूल की पत्तियां।

10-15 मिनटों के बाद दूर से आर्मी की गाड़ियां आती दिखी। आमतौर पर उस रूट पर सेना की गाड़ियां नहीं दिखती थी। पर धीरे धीरे करीब आती गाड़ियों के बीच जयकार की गूंज सुनाई

देने लगी। 10-11 साल की उम्र में आधी चीजें समझ आती हैं, आधी नहीं। जो मुझे समझ आ रहा था वो यही था कि लोग सेना की गाड़ियों और उनके जवानों का जोश बढ़ाने यहां तिरंगा लेकर आये हैं। जो उस वक़्त समझ नहीं आ रहा था वो ये था कि भारत माता की जयकारे के बीच किसी के अमर होने के नारे क्यों गूंज रहे हैं। हुआ क्या है। इतने में पहली गाड़ी सामने से गुजरी और दूसरी गाड़ी पास रुकी। पीछे दो जवान खड़े थे और बीच में तिरंगे में लिपटा एक ताबूत पड़ा था। कुछ समझता उससे पहले ही किसी ने कहा कि हाथ में रखे फूल को गाड़ी पर चढ़ाओ। उस वक़्त बारिश की बूंदें ऐसे बरस रही थी जैसे आसमान से मानो आंसुओं का सैलाब था, उसी में भींगते मैंने फूल गाड़ी की ओर फेंके और धीरे धीरे गाड़ी बढ़ती रही। भारत माँ की जय बोलते मैं उस ताबूत, तिरंगे और ट्रक के भीतर गौर से देखता रहा जब तक वो नज़रों से ओझल नहीं हो गया।

आर्मी की वो हरी गाड़ियां चली गयी, पर जो याद रहा वो ताबूत पर लिखा नाम था- शहीद हवलदार बिरसा उरांव। और जो नज़रों में कैद हो गया वो काले रंग का बक्सा था। वो बक्सा जिसमें एक शहीद की जिंदगी और उसकी आत्मा दोनों बसी थी। बाद में पता चला कि बिरसा सेना में 6 महीने ट्रेनिंग कर चुके थे तब घर वालों को सेना में उनकी बहाली की खबर लगी थी। और कारगिल में उनकी शहादत की बात भी गुमला में बीवी बच्चों को हफ्ते भर बाद पता चली। अब तिरंगे में लिपट कर वो अपने लोगों की आखिरी सलामी लेने जा रहे थे। पर बहाली से कुर्बानी तक ये काले रंग का बक्सा ही था जो उनके साथ चलता रहा और अब यही उनके बच्चों के लिए उनके पिता की आखिरी निशानी होगा। एक विधवा के लिए ये यादों से भरा बक्सा होगा।

"कर्म ही धर्म"

(कर्तव्य ही असली धर्म है)

आदर्श वाक्य: बिहार रेजिमेंट

पछतावा

पत्रकारिता हमेशा से मेरा पैशन रहा है। बैंकिंग में आने से पहले करीब 6 साल तक मैंने जर्नलिज्म को जीया था। पर न बैंकिंग न जर्नलिज्म मेरी ज़िंदगी की पहली चॉइस थी। जब समझ अधूरी थी तब भविष्य के सपने में मैं खुद को पुणे में पाता था। नेशनल डिफेंस अकादमी की पासिंग आउट परेड में मम्मी पापा के सामने अपनी टोपी आसमान में लहराना और फिर नाम के आगे सेकंड लेफ्टिनेंट जुड़ना। ये ख्वाब था पर हकीकत कभी नहीं हुआ।

जैसे जैसे बड़ा होता गया, पापा मेरे हीरो बनते गए। उनकी तरह बोलना, लिखना, दिखना और दिन के मुताबिक कपड़े पहनते कब पत्रकारिता विरासत में खून के साथ दौड़ने लगी पता नहीं चला। कॉमर्स में शानदार मार्क्स के साथ प्लस टू की पढ़ाई की लेकिन अपने सामने खुले सीए से बैंक तक सभी ऑप्शन्स को साइड कर रांची के संत ज़ेवियर कॉलेज में जर्नलिज्म में एडमिशन ले लिया। फायर ब्रांड टाइप पत्रकारिता करने के जोश के साथ मैंने कलम को अपना हथियार चुन लिया था। 6 सालों तक अपनी शर्तों पर पूरी आज़ादी के साथ खबरों की दुनिया में जीता मरता रहा। हर वो ख़बर की, जो होनी चाहिए थी। हर सच बिना लाग लपेट के बताता रहा। टीवी पर या कलम चलाते कभी कुछ ऐसा नहीं किया जब खुद में पछतावा हुआ हो, सिवाए दो मौकों के।

29 अगस्त 2010

वो दिन हर दूसरे दिन की तरह ही था। खबरें आ रही थी, टीवी पर छा रही थी फिर मर रही थी। 24 घंटे के चैनल में खबरों की उम्र कम होती है, तमाशों की ज़्यादा। इस ट्रेंड की शुरुआत उन्हीं दिनों हुई थी जब जर्नलिज्म फील्ड रिपोर्टिंग से डिस्कशन, पैनल शो और एंकर के चीखने चिल्लाने में शिफ्ट हो रही थी। हालांकि हमारा चैनल न्यूज़11 तब इससे कुछ हद तक बचा था। शायद इसीलिए उस शाम जब ब्रेकिंग न्यूज़ बनकर नक्सली हमले की ख़बर आयी तो हमने उस पर फोकस किया। बिहार के लखीसराय में पुलिस के एक कॉम्बिंग ऑपरेशन के वक़्त नक्सलियों ने बड़ा काउंटर अटैक कर दिया। गिनती के पुलिस वाले सैंकड़ों या शायद हज़ारों नक्सलियों से जितनी देर लड़ सकते, लड़ते रहे और फिर जब बंदूकों की गड़गड़ाहट रुकी, तो 7 पुलिसवालों की जान जा चुकी थी। और लाल सलाम से गूंजते जंगल में बिहार मिलिट्री पुलिस के चार जवानों का अपहरण हो चुका था।

30 अगस्त 2010

पिछली शाम गोलियों से थर्राई थी, टीवी ब्रेकिंग और एक्सक्लूसिव न्यूज़ से गरमाया था और सियासी गलियारे में सरकार से आईबी तक के फेल होने की खबरें आम थी।

पर उन सात आँगनों में मातम था, चीख-चीत्कार थी जहां से अर्थियां उठनी थी। हर ज़ुबान पर इन जवानों के साहस की कहानी थी और नक्सलियों के लिए बद्दुआ। पर जो हकीकत था वो सामने जलती चिताएं थी।

मातम की ऐसी वीडियोज़ हमेशा से मुझे अंदर तक हिला देती रही हैं। पर जो हुआ उससे ज़्यादा डर इस बात का था कि आगे क्या होगा। 4 जवान नक्सलियों के कब्जे में थे और उनमें दो झारखंड के। इसीलिए ख़बरिया नज़रिए से हमारा फोकस रांची

के पास के गांव मांडर और कोलेबिरा से बिहार के लखीसराय तक था।

2 सितंबर 2010

अपने 1 साल के छोटे से जर्नलिज्म करियर में मैं दूसरी बार होस्टेज क्राइसिस देख रहा था। पहली बार जब नक्सलियों ने झारखंड में एक बीडीओ को अगवा कर लिया था। अब दूसरी बार 4 पुलिसवाले की किडनैपिंग और रिहाई के बदले जेल में बंद कई नक्सलियों की रिहाई की मांग थी। इस बीच डिमांड की डेडलाइन खत्म हो गयी पर सरकार ने नक्सलियों की मांगें नहीं मानी। उम्मीदों और आशंकाओं के बीच एक और काली रात खत्म हो गयी। पर उन चार घरों में कोई नहीं सोया जिसका कोई अपना अब भी घर न लौटा। वो सिर्फ घंटे गिन रहे थे और जिस ऊपर वाले को पूजते उससे बस अपने बेटे अपने पति की सलामती की दुआ मांग रहे थे।

3 सितंबर 2010

आशंका वाले बादलों के बीच उम्मीदों का नया सूरज उग चुका था। पर मैं सो रहा था। मुझे नहीं पता था कि आज का दिन एक इंटरेस्टिंग दिन होने वाला है।

12 बजे के करीब ऑफिस पहुंचा तब तक खबर आ गयी कि नक्सलियों ने कहर बरपा दिया है। 4 पुलिसवालों में से एक सबइंस्पेक्टर अभय यादव को मार दिया है। अभय झारखंड की राजधानी रांची से सटे मांडर गांव के रहने वाले थे। खबर टीवी पर तैरने लगी। कैमरे और पत्रकार लखीसराय से पटना में सीएम हाउस और मांडर गांव तक घूमते रहे। नक्सलियों और सिस्टम के बीच की जंग में एक और शहादत हमारे हिस्से आ चुकी थी। सरकार सकते में थी क्योंकि उसे यकीन था कि लाल सलाम वाले

लोग सिर्फ धमकी दे रहे हैं। पर कहानी उससे आगे चली गयी। और अब भी तीन पुलिसवाले लाल कब्ज़े में थे।

घटनाक्रम तेज़ी से बदलने लगा। ब्रेकिंग न्यूज़ की बाढ़ रही। मामले की गंभीरता ने सरकार को थोड़ा झुकने पर मजबूर किया। राज्य सरकार नक्सलियों से बात करने को राज़ी हो गयी। उधर सुरक्षाबल जंगलों में अपने साथी की खोज में करीब तक पहुंचती दिखी। कुछ घंटे में लगने लगा कि इस होस्टेज क्राइसिस का क्लाइमेक्स करीब है। बंधक पुलिसवालों के परिवार वाले पटना जाने की तैयारी करने लगे। तीन परिवार उम्मीदों की शाम महसूस कर रहा था। अभय यादव के घर से सिर्फ मातम की आवाज़ें आ रही थी।

अपने चैनल में मैं एक स्पेशल प्रोड्यूसर था, जिसे इन खबरों के अलावा रात 8 बजे का प्राइम टाइम शो 'विशेष' बनाना होता था। उन दिनों रोज़ एक टॉपिक ढूंढना और फिर उसके लिए डिस्कशन और गेस्ट अरेंज करना आसान नहीं होता था, खासकर रांची जैसी जगह में।

शाम के करीब 5 बजे थे जब मुझे एक रिपोर्टर ने खबर दी कि झारखंड से दूसरे पुलिसवाले जो बंधक हैं उनकी पत्नी और बड़ी बेटी कोलेबिरा से लखीसराय के लिए निकले हैं। आज देर रात की ट्रेन है रांची से। वो लोग शाम में रांची में होंगे। फिर क्या था मैंने सारे रिपोर्टर्स को बताया कि कैसे भी हो इन्हें स्टूडियो बुलाना होगा। बहुत सोर्सेज लगाने के बाद फाइनली हम कामयाब हो गए। कोलेबिरा के एमएलए की वाइफ जो एक सोशल एक्टिविस्ट थी वही उन्हें रांची ला रही थी।

रात 7:45 के करीब हमारे ऑफिस में प्यारी टेटे और उनकी बड़ी बेटी एंजेला टेटे पहुंच गयी। प्यारी के पति लूकस टेटे थे जो बिहार मिलिट्री पुलिस में ए एस आई के पद पर थे और उस वक़्त नक्सलियों के कब्ज़े में उनके होने की ख़बर थी। रात 8 बजे प्राइम

टाइम शो 'विशेष' शुरू हुआ और उस वक़्त पूरा झारखंड जिस शख्स की सलामती की दुआ मांग रहा था उनकी पत्नी-बेटी लाइव अपनी कहानी बताने हमारे साथ थे। न्यूज़रूम में गहमागहमी थी, स्टूडियो में आज के गेस्ट के साथ एंकर स्वेता श्रीवास्तव और प्रोडक्शन कंट्रोल रूम में मैं था। पीसीआर से मेरा काम प्रोग्राम चलाना, इनपुट देना, एंकर को इंस्ट्रक्ट करना था। शो के शुरू होने के पांच मिनट के अंदर ही प्यारी टेटे के चेहरे पर तसल्ली का भाव दिखने लगा था। उन्हें पूरा भरोसा हो गया था कि अभय यादव को मारने के बाद नक्सलियों के पास रास्ते बचे नहीं थे। उनके पति और बाकी पुलिसवालों की रिहाई नज़दीक थी। प्यारी और एंजेला दोनों अपने नाम की तरह थी। आवाज़ मद्धम लेकिन अंदाज़ सिंपल प्यारा था। टीवी की टीआरपी ट्रेडिशन से कोसों दूर वो अपनी आदिवासी ट्रेडिशन का खूबसूरत प्रदर्शन कर रही थी। पता ही नहीं चला कि घंटे भर का शो कब डेढ़ घंटे हो चला। पूरे स्टेट से फ़ोन आ रहे थे, लोग प्यारी के हौसले को सलाम कर रहे थे। आखिरी मिनटों में मैंने पीसीआर से स्वेता दी को ईयरफ़ोन में बोला कि इनसे पूछिये शहीद अभय यादव की पत्नी को क्या कहना चाहेंगी, उनका हिम्मत कैसे बढ़ाएंगी। स्वेता दी को ये पूछना ठीक नहीं लग रहा था, लेकिन मेरे बोलने पर उन्होंने ये भी पूछ लिया। प्यारी ने अभय यादव की पत्नी और परिवार वालों से हिम्मत रखने की अपील की। कहा कि अपनों को खोने का ग़म तो होता है लेकिन देश के लिए मरनेवालों पर फर्क भी रहता है।

प्यारी और एंजेला के ट्रेन का टाइम हो रहा था तो प्रोग्राम वाइंड-अप का सिग्नल हुआ और जाते-जाते बेटी एंजेला ने बोला कि 'अंत भला है तो सब भला। हमनें बहुत आंसू बहाये, लेकिन शुक्र है कल हम पापा से मिलने वाले है।'

आज घर जाने में लेट हो रहा था लेकिन सुकून था। टीवी की दुनिया में हम चैनल वाले हर रोज़ एक अघोषित लड़ाई लड़ते हैं, और मुझे पता था कि आज की लड़ाई हम जीत चुके थे।

4 सितंबर 2010

एक नया दिन था पर पिछली शाम का रोमांच अब भी था। तभी सवा दस बजे ऑफिस से फ़ोन आया कि जल्दी न्यूज़ देखो। जनरली हमारे चैनल में सुबह 10-11 के स्लॉट में पिछली रात वाली डिस्कशन शो रिपीट होती थी। मैंने टीवी ऑन किया तो स्क्रीन पर आत्रेयी न्यूज़ पढ़ रही थी। पर आत्रेयी को देखने कोई मुझे टीवी देखने क्यों बोल रहा है और रिपीट के टाइम लाइव न्यूज़ क्यों चल रही है ये सोचता तब तक आत्रेयी ने अगली न्यूज़ पढ़ी। वो न्यूज़ जिसे लिखते आज 14 साल बाद भी मेरे हाथ कांपते हैं। जिस पुलिसवाले की हत्या नक्सलियों ने की थी, उनकी बॉडी मिल चुकी थी। और गोलियों से छलनी डेडबॉडी सबइंस्पेक्टर अभय यादव की नहीं एएसआई लूकस टेटे की थी।

जिस वक्त रिपीट शो में मैं प्यारी टेटे और एंजेला टेटे का हंसता चेहरा देखने टीवी खोला वहां वो रोते बिलखते दिखी। मेरे पैरों के नीचे से ज़मीन खिसक चुकी थी। पुलिस ने बताया कि जंगल मे बॉडी ढूंढना मुश्किल था, फिर हत्या बहुत बुरी तरह हुई थी, इसलिए शिनाख्त में शुरू में गलती हुई।

इस एक गलती से अभय यादव के घर खुशियों की गंगा बह गयी और लूकस टेटे के परिवार वालों की हर खुशी मिट्टी में मिल गयी।

पर मेरी ग़लती का क्या। ऐसा लगने लगा कि नक्सलियों ने लूकस को जिस कदर गोलियों से छलनी किया, शायद उसी तरह मैंने उनकी पत्नी-बेटी के इमोशन्स के साथ अनजाने में खेला। डेढ़ घंटे तक मैंने जो एक-एक सवाल किए वो मुझे चुभ रहे थे। प्यारी टेटे को जो तसल्ली हमनें दी, एंजेला को जो भरोसा दिलवाया वो सब झूठ था। किसको पता था कि अभय यादव के परिवार वालों के लिए हौसले के जो शब्द मैंने प्यारी टेटे से बुलवाए वो असल में उनके खुद के लिए बन गए। वो प्यारी की अंत भला... वाली बात मेरे दिमाग में दौड़ती रही।

'क्या मैं सवाल नहीं पूछता, उनसे बातें नहीं होती तो कुछ बदल जाता? लूकस ज़िंदा तो नहीं रहते!'

कभी खुद से सवाल पूछता, कभी खुद को तसल्ली देता। फिर भी ऐसी बातें सोचकर भी मुझपर कोई असर नहीं हुआ। बार-बार और सालों बाद तक बस यही सोचता रहता हूँ कि क्यों टीवी के कीड़े ने मुझे काट ऐसे सवाल करवाये। क्यों मैं उनके जख्मों को अनजाने कुरेद गया। वो क्या सोच रही होंगी जिनका सबकुछ छिन गया था।

और अगले दिन जब मातमी धुन के बीच शहीद लूकस टेटे की अंतिम क्रिया शुरू हुई तो मेरी आँखों में भी आंसू थे। सब मानते थे कि ये अनजाने में हुआ एक्सीडेंट जैसा था। पर मेरा दिल कभी नहीं माना।

6 फरवरी को सरकार ने नक्सलियों को सेफ पैसेज देकर तीन पुलिसवालों को सुरक्षित बचा लिया। अभय यादव घर आये तो खुशियों का ठिकाना नहीं रहा। जीते जी उनकी शहादत का शोक उनका गांव मना चुका था इसीलिए खुशियां सातवें आसमान पर थी। लेकिन मेरे हिस्से मेरी ज़िंदगी का एक पछतावा आ चुका था जिसे शायद इस जन्म में खत्म न किया जा सके। इस कहानी का अंत भला नहीं हुआ था। कम से कम मेरे लिए तो नहीं।

शहीद लूकस टेटे को मेरी ओर से नमन और प्यारी-एंजेला टेटे से हाथ जोड़कर माफ़ी।

"स्वधर्मे निधनं श्रेयः"

(सेवा करते समय मरना गर्व की बात है)

आदर्श वाक्य: मद्रास रेजिमेंट

अबीर

4 नवंबर 2021

वो दीवाली की सुबह थी। घर में चहल पहल थी। सब तैयारियों में लगे थे। बहु घर सज़ा रही थी, बेटे फूलों की लड़ी लगा रहे थे। घर के बाहर दरवाज़े के दोनों किनारे केले की पत्तियां लगाई गयी और उसपर दीयों को रखने का जुगाड़ हो गया। एक कमरे में दादा और पोते-पोती पटाखों के इंतज़ाम में थे। बस दादी को एक बात खटक रही थी। वो अपने बेटे को बोल रही थी कि विप्लव यहां दीवाली की रौनक वैसी नहीं लग रही है। और बेटा विप्लव ये समझाने में कामयाब थे कि - मां सालों बाद पूरा परिवार दिपावली पर साथ है, यही कम है क्या। बेटे के सर हाथ फेरते मां अपने अंदाज में प्यार लुटाती है। 'जहां बेटे बहु और पोते-पोतियां हो, वही घर है और त्योहारों की रौनक तो परिवार से होती है। जहां तुम सब वहीं दीवाली है।' ये कहते वो ऊंचे सुर में सबको बताती है कि इस बार त्रिपाठी परिवार की दीवाली रायगढ़ नहीं मणिपुर वाली है और इसीलिए घर से दूर हम ऐसी दीवाली मनाएंगे की हमेशा याद रह जाये।

मणिपुर नॉर्थईस्ट इंडिया का एक अहम राज्य रहा है। सेवन सिस्टर्स में एक, मणिपुर की हिस्ट्री गौरवशाली रही है। वो उन

कुछ प्रोविंस में रहा है जहां ब्रिटिश सरकार की हुकूमत नहीं हो पाई। पर आज़ादी के बाद भारत में विलय तो हुआ, लेकिन बाद में अलगाव की बातें होने लगी। लंबे टाइम तक मणिपुर इंसर्जेंसी का बुरा दौर झेलता रहा। उग्रवाद मणिपुर की इंटरनल अफेयर को बहुत घाव दे चुका था। इसीलिए सिक्युरिटी पॉइंट से यहां की सिचुएशन को अंडर कंट्रोल रखना बहुत ज़रूरी होता है और पूर्वोत्तर में ये ज़िम्मेदारी निभाती है पारा मिलिट्री फ़ोर्स असम राइफल्स और विप्लव त्रिपाठी जैसे जांबाज़। विप्लव 46 असम राइफल्स में तब कर्नल थे और उनकी पोस्टिंग मणिपुर में थी।

मणिपुर एक मिक्स पॉपुलेशन वाली स्टेट है। राजधानी इम्फाल के आस-पास मैतेई कम्युनिटी के लोग ज़्यादा है। ज़्यादातर लोग हिन्दू धर्म मानते हैं। इम्फाल से आगे चुराचांदपुर है जहां 46 असम राइफल्स का हेडक्वार्टर है। यहां हिन्दू पॉपुलेशन कम है लेकिन कुछ हैं। इसीलिए जब शाम ढली तो कर्नल त्रिपाठी के क्वार्टर के अलावा भी कई घर दीयों और लाइट बत्ती से रोशन थी। माहौल छत्तीसगढ़ जैसा नहीं था, पर त्रिपाठी परिवार के लिए एक्सपीरियंस शानदार था। क्योंकि अरसे बाद पूरा परिवार किसी त्योहार पर साथ था। पिता सुभाष त्रिपाठी छत्तीसगढ़ के रायगढ़ में जाने माने पत्रकार हैं। उम्र 76 की पर दिल से खुशमिजाज़ हैं। मां आशा त्रिपाठी रिटायर्ड लाइब्रेरियन हैं और समाजसेवा के साथ लिखना उन्हें पसंद है। घर के दोनों बेटे विप्लव और अनय फौज में हैं और दोनों मणिपुर में पोस्टेड। इसीलिए एक साथ परिवार एक छत के नीचे जुट जाये उससे बड़ी बात कुछ नहीं थी सबके लिए। और दादा दादी के लिए तो यही मौके होते थे कि अपने पोते अबीर और पोती ताशी के संग वो कुछ यादगार वक़्त बिता लें। अपनी दोनों बहुओं संग खुशियों के लम्हें जी ले।

शाम ढली और अमावस्या की काली रात छाई। पर त्रिपाठी परिवार के आंगन में अंधेरे के लिए जगह नहीं थी। पीले गेंदे फूल

से सजी घर के बाहर की सफेद दीवार पर जब बैंगनी रंग वाली लाइट की रोशनी पड़ी तो लगा घर का रंग बदल गया। दीये और कैंडल से निकलती पीली रोशनी घर में खुशहाली का स्वागत कर रही थी तो पटाखों की गूंज जश्न का इशारा कर रही थी। अबीर और ताशु की खुशियों का जैसे ठिकाना ही नहीं था। दादा दादी की अंगुली पकड़े कभी वो फुलझड़ी जलाते कभी आसमान में रॉकेट की चमक देखकर खुश हो जाते। धीरे धीरे ठंडी बढ़ने लगी और खुले आसमान में दूर तक टिमटिमाते तारे छोटे-छोटे आंखों में नींद भरने लगे। ताशु पापा अनय की गोद चढ़ गई तो उसको देख अबीर भी अपने पापा विप्लव का हाथ थामे घर के अंदर आ गया।

पटाखों का शोर थम चुका था और धीरे-धीरे बहती हवाओं से लड़ता चिराग जलता रहा जब तक उसमें तेल का आखिरी कतरा था।

5 नवंबर 2021

दीवाली की अगली सुबह आलस वाली होती है, थकावट सबके चेहरे पर बनी रहती है। फिर भी पूरा परिवार साथ था तो दोनों बहुएं अनुजा और ऋचा किचन में लग जाती हैं। अबीर और ताशु सोए थे तब तक उनके दादा-दादी पैकिंग में जुटे थे। तीन महीने के लंबे ट्रिप के बाद 6 नवंबर को उनकी रायगढ़ वापसी थी। इसलिए कोशिश थी कि बच्चों के उठने से पहले सामान एक जगह हो जाये वरना एक बार दोनों बच्चों की धमाचौकड़ी हुई तो कुछ नहीं होगा। दोनों फौजी बेटे कमांडेंट विप्लव और लेफ्टीनेंट कर्नल अनय अपने काम की तैयारियों में थे। सुबह की चाय सबने साथ में पी और देखते-देखते अबीर-ताशी भी आ गए। अबीर 6 साल का था लेकिन समझता था कि उस दिन की कीमत क्या है। वो दादा-दादी के साथ ट्रिप का आखिरी दिन था, इसीलिए थोड़ा भी टाइम बर्बाद नहीं होने देना चाहता था।

कुछ देर बाद ही अबीर और ताशी यूनिफॉर्म पहनकर दादा सुभाष त्रिपाठी के पास आये और बोले कि चलिए कुछ खेल लेते हैं। अबीर का फेवरेट गेम आर्मी-आर्मी था। एक फौजी का बेटा आधे दिन आर्मी टाइप वाली बच्चों की यूनिफॉर्म पहना रहता था। जब कभी ताशी साथ रहती तो दोनों बच्चे आर्मी यूनिफॉर्म पहने, चेहरे पर काली स्याही से लकीर बनवा कमांडो वाली मॉक ड्रिल करने लगते। अपने पापा को देख उनके बच्चों को ये खेल और ये अंदाज विरासत में मिला था। दादाजी जब रहते तो आर्मी के खेल में इंडिया-पाकिस्तान की जंग होती। कागज़ के बम-बारूद चलते, खिलौने वाली बंदूक से ढिश्क्यौं- ढिश्क्यौं होता। इसमें इंडिया की तरफ से मेजर अबीर मोर्चा संभालते और दादाजी मेजर अताऊल रहमान के किरदार में पाकिस्तानी आर्मी से होते। 15-20 मिनटों तक जंग चलती और फिर पाकिस्तान हथियार डाल दोस्ती का हाथ बढ़ाता। त्रिपाठी परिवार के इस लॉन में हर दिन जंग होती और फिर हिंदुस्तान की जीत के बाद पाकिस्तान के साथ सुलह भी होती।

कहते हैं बच्चे और बूढ़े एक जैसे होते हैं। 6 साल का अबीर और 76 साल के सुभाष जी इसकी मिसाल थे। अबीर के साथ दिन भर खेलते, उनके पापा की जांबाजी के कहानी सुनाते। साथ गुनगुनाते साथ खाते। कभी अबीर को खिलाने की बजाए खाने के साथ चम्मच खुद के मुंह में डाल लेते कभी उसकी शिकायत पर मम्मी-पापा को डांट लगाते।

दादा अबीर के साथ मशगूल रहते तो दादी का जी अपने बेटे की कामयाबी से भर आता। जब विप्लव, परिवार की मर्ज़ी के खिलाफ़ भी सेना में गए तो कमीशन के बाद पहली पोस्टिंग सियाचिन में मिली। 'माइनस 7 डिग्री में मेरा लाल न जाने कैसे रह गया,' ये कहानियां बहु को बताते अक्सर उनकी आंखें छलक जाती थी। पर मणिपुर में ड्रग्स रैकेट और माफिया के खिलाफ़

कार्रवाई और उसकी कामयाबियों की ख़बर जब वो अख़बार में पढ़ती तो गर्व की अलग अनुभूति होती। हर वक्त दिल में एक डर भी रहता था इस मां के अंदर। वो अक्सर बड़े बेटे विप्लव से पूछती थी-

"क्यों रे, जब एनकाउन्टर करते हो तो हम लोग याद नहीं आते क्या?

विप्लव- ना...बिल्कुल नहीं।

धक्का सा लगता है गहरे तक मां के दिल को...

विप्लव- अरे नहीं मां, जब लगेगा चन्द मिनट बचे होंगे ना, तो पापा से पहले तुम याद आओगी।"

ये किस्से याद करते एकाएक आसमान की ओर नज़र गयी तो पंछियों का झुंड अपने घोसलों की ओर लौटता नज़र आया। दिन भर अलग पेड़ों, अलग पहाड़ों पर घूम, शाम को परिंदों को घर लौटना ही होता है। ठीक वैसे ही जैसे तीन महीनों तक दोनों बेटे और बहू पोते-पोती के साथ हंसने-खेलने के बाद सुभाष और आशा त्रिपाठी जी को वापस अपने घर रायगढ़ लौटना था। वापस जाने पर एक खालीपन होगा, पर दोनों को पता था कि अगली सुबह जब वो घर लौटेंगे तो उनके साथ यादों का एक बक्सा भी होगा जिसमें सेवन सिस्टर्स की सुंदरता होगी, मेघालय के आसमान में उमड़ते-घुमड़ते बादल की तस्वीरें होंगी, नागा ड्रेस में दोनों की कपल फोटो, मिज़ोरम का लॉच हाउस और असम की खुली वादियों के बीच चेरापूंजी की बरसात और मणिपुर का आकर्षण। कितना कुछ देखा, कितना कुछ जी लिया। दीवाली पर फैमिली धमाका और अबीर-ताशु के साथ बिताया एक-एक लम्हा। ज़िंदगी के अगले पड़ाव पर पहुंच चुके दादा-दादी जानते थे कि जो वक़्त इन्होंने पिछले तीन महीने में जीया, वो फिर साथ मिले इसकी गारंटी किसी के पास नहीं थी।

13 नवंबर 2021

रायगढ़ के किरोड़ीमल कॉलोनी में सुभाष त्रिपाठी अपनी किस्सागोई के लिए जाने जाते थे। एक उम्रदराज़ पत्रकार के साथ ज़िंदगी तज़ुर्बों से भरी थी। और अभी तो उनके पास लिखने-बताने को अपनी फैमिली और नार्थईस्ट की कई कहानियां थी। इसीलिए सुबह-शाम दोस्तों रिश्तेदारों के साथ मंडली सजती थी। ऐसे भी त्रिपाठी परिवार रायगढ़ में एक रसूखदार परिवार था। किशोरी मोहन त्रिपाठी आज़ादी की लड़ाई लड़ने वालों की पहली पंक्ति वाले नेता में से थे। संविधान सभा के सदस्य के तौर पर वो भारतीय संविधान बनने के गवाह रहे। बाद में संसद के सदस्य भी बने। इन्हीं की विरासत पर चलकर किशोरी मोहन के बेटे सुभाष त्रिपाठी पत्रकार बने और अपना अखबार 'बयार' शुरू किया। बाद में उनके बेटे देश सेवा की राह पर फौज़ में आ गए। विप्लव कर्नल बन गए, अनय लेफ्टिनेंट कर्नल। बड़ी बहू अनुजा मणिपुर में आर्मी वाइव्स एसोसिएशन की हेड बनकर सोशल एक्टिविटीज में एक्टिव रहने लगी और पोते-पोती अबीर और ताशी अभी से आर्मी में जाने का ख्वाब संजोने लगे। यानी देश सेवा इस परिवार की रगों में खून के साथ दौड़ती रही।

जब से त्रिपाठी जी मणिपुर से लौटे थे, उनकी कहानियां खत्म होने का नाम नहीं ले रही थी। दोस्त पूछते की यार सुभाष क्या लाये हो हमारे लिए मणिपुर से। तो वो मुस्कुराते और बोलते ढेर सारी कहानियों के साथ यादों का बक्सा। चाय पर चाय चलती और कहानी दर कहानी।

जब तक त्रिपाठी जी अपनी बुज़ुर्ग मंडली के साथ अड्डा जमाते, आशा त्रिपाठी पूजा-पाठ कर अपने बच्चों से बातें कर लेती। उस सुबह छोटे बेटे अनय ने बताया कि इंदौर के महू आर्मी वॉर कॉलेज में ट्रेनिंग के लिए वो मणिपुर से निकल चुका है। रास्ते में है। विप्लव से ज़्यादा बात नहीं हुई। नेटवर्क प्रॉब्लम के बीच

जो समझ में आया वो था कि विप्लव अनुजा और अबीर के साथ म्यांमार बॉर्डर के पास एक विजिट पर थे, और वापस चुराचांदपुर लौट रहे हैं। घर आकर कॉल करते हैं, ये बोलकर प्रणाम मां बोला। बदले में जीते रहो बेटा बोलकर मां ने फोन रख दिया।

हर सुबह की यही कहानी थी त्रिपाठी जी के यहां। ये खत्म होता तो किचन और डायनिंग का दौर चलता। उस रोज़ दोनों खाना खाने बैठे ही थे कि मोबाइल बजा। सुभाष जी ने बताया कि बेटा अनय का कॉल था। फोन उठाते बोले- कैसे हो बेटा। सामने से कोई आवाज़ नहीं है। हेलो हेलो। छलकी और कंपकपाती आवाज़ में पापा पापा... सुनाई देता रहा। सुभाष खड़े हो गए और कहने लगे कि बेटा क्या हुआ। सब ठीक तो है ना?

लड़खड़ाती आवाज़ में अनय ने जो बोला वो बात स्तब्ध कर गयी। चुराचांदपुर से पहले असम राइफल्स के एक कॉन्वॉय पर मिलिटेंट अटैक हुआ। विप्लव.. पापा विप्लव नहीं रहा।

एक बेटा अपने 76 साल के पिता को उनके दूसरे बेटे की मौत की ख़बर दे रहा हो तो उनदोनों पर क्या बीती ये कोई बता नहीं सका। ये लिखते आज भी मेरा हाथ कांपता है, पर सुभाष मानो ज़िंदा लाश की तरह स्थिर थे। एक हाथ में निवाला दूसरे हाथ में मोबाइल और चेहरा सन्न।

क्या हुआ जी कुछ बोलते क्यों नहीं। मां ने फोन अपने हाथ लिया तो अनय का रोना सुनकर दिल धक से हो गया। पिता समझ अनय बोलते रहें कि भईया नहीं रहे पापा। इस एक लाइन ने मां का सीना छलनी कर दिया। सन्नाटे वाले कमरे में चीख गूंज उठी। फ़ोन टेबल पर गिरा और मां ज़मीन पर। कौन किसे संभालता। दोनों मां बाप पर मानो वज्रपात हो चुका था। एक दूसरे को दोनों थामते, तब तक रोती-चीखती मां को याद आया कि बहु अनुजा और अबीर भी आज विप्लव के साथ थे। पिता सुभाष की आंखों से आंसुओं का सैलाब शुरू हुआ। बिलखते और कांपते हाथों

से अनय को फ़ोन घुमाया और पूछा कि बहु और अबीर? अनय को पता नहीं था कि क्या कहूँ। इसीलिए सच बताया वरना टीवी से तो पता चलनी ही थी। उसने बोला कि पापा कोई नहीं बचे। न भाभी न अबीर।

अबीर... ये चीखते सब्र का वो बांध भी टूट गया जो कुछ मिनटों से अंदर शोर मचा रहा था। एक पल में सब बिखर गया था। एक पीढ़ी शहीद हो गयी थी। रोने चीखने चिल्लाने की आवाज़ सुनकर पड़ोसी आये और शाम तक ख़बर पाकर पूरा रायगढ़ जुटने लगा। मां-पिता कुछ बोलने की हालत में नहीं थे। जब कोई हाथ थामता बस फफक पड़ते। ज़िंदगी भर जितनी खुशियां बटोर सके थे उससे ज़्यादा आंसू बनकर दर्द निकलता गया। दूसरी ओर बेटा अनय बीच रास्ते से वापस मणिपुर के लिए निकल पड़ा भाई और उनके परिवार की बॉडी लाने।

14 नवंबर 2021

काला शनिवार बीत चुका था लेकिन गोलियों से छलनी कमांडर साहब की वो काली स्कॉर्पियो न किसी के ज़ेहन से उतर रही थी न टीवी स्क्रीन से। आईईडी ब्लास्ट में पहले एस्कॉर्ट गाड़ी उड़ी जिसमें चार जवान शहीद हुए और फिर पीछे कमांडर विप्लव त्रिपाठी की गाड़ी पर गोलियों की बरसात हुई थी। ग्राउंड ज़ीरो की तस्वीरें टीवी और यूट्यूब वीडियोस के ज़रिए बता रही थी कि मौत सामने देखकर भी विप्लव घबराए नहीं। जवाबी कार्रवाई में पूरी कारबाईन उग्रवादियों पर उतार दी। गोलियां कम पड़ी तो सर्विस रिवॉल्वर की आखिरी गोली तक चला डाली। पर तब तक खुद के सीने से भी खून बह रहा था और पीछे मुड़कर देखा तो बैकसीट पर अनुजा और अबीर हमेशा के लिए आंखें मूंद चुके थे। पता नहीं 6 साल का अबीर कितना तड़पा चीखा होगा जब गोली उसके आर-पार गयी होगी। जाने वो मां ने अपने आँचल से अपने बेटे को बचाने की कितनी नाकाम कोशिश की होंगी। जाने वो फौजी शहीद होने

से पहले पत्नी और बेटे को देख कुछ सेकंड भर वक़्त में कितनी बार मरा होगा। पर यक़ीन है सांसे तोड़ने से पहले एक बार विप्लव ने अपने पिता से भी पहले अपनी मां को याद ज़रूर किया होगा।

ऐसा शायद पहली बार हुआ था जब मिलिटेंट अटैक में एक पूरा परिवार निशाने पर आ गया। 6 साल का एक बच्चा भी जो सेना और उग्रवादियों के बीच सिर्फ इसलिए आ गया क्योंकि फौज उसे पसंद था और उसके पिता फौजी थे। ये याद करते दादा-दादी की आंखें सूज गयी थी। पर नज़र से वो नन्हीं मुस्कान जा नहीं रही थी। बस इंतज़ार उस आखिरी दीदार का था, जिसको लेकर अनय मणिपुर से रायगढ़ के लिए निकल रहे थे।

15 नवंबर 2021

सोमवार की सुबह अमूमन ज़िंदगी वापस अपनी पटरी पर आ जाती है। लेकिन रायगढ़ में उस रोज़ ख़ामोशी थी। पूरा शहर बंद था, दुकानों पर लगे ताले खुले नहीं थे और सुनसान सड़कों पर जो चल रहे थे, उनके कदम या तो किरोड़ीमल कॉलोनी की ओर थे या रामलीला मैदान के। आज सबकी जुबान पर सिर्फ रायगढ़ के अमर सपूत विप्लव त्रिपाठी थे और हर नज़र बस उनको आखिरी बार सलाम कर लेना चाहता था।

करीब पौने एक बजे भारतीय वायु सेना का विशेष विमान एयरस्ट्रिप पर उतरा तो हजारों लोग बस ये दुआ मांग रहे थे कि जो बात दो दिन से वो सुन रहे हैं वो झूठी साबित हो जाये। पर काल ने कपाल पर जो लिख दिया था वो मिटाया नहीं जा सका। उस विमान से असम राइफल्स के अफसरों के साथ लेफ्टिनेंट कर्नल अनय त्रिपाठी उतरे और कंधे पर तिरंगे में लिपटा ताबूत भी उतरा। पिन ड्रॉप साइलेंस वाले क्षण के बाद शहीद विप्लव त्रिपाठी अमर रहे के नारे गूंजने लगे। रायगढ़ अपने लाल को देखकर आंसुओं में डूब गया और दूर कुर्सी पर बैठे-बैठे पिता सुभाष

लड़खड़ाने लगे। तिरंगे से सजे ताबूत से नज़र हटी नहीं कि जवानों के कंधे पर गुलाबी चुनरी से दुल्हन की तरह सजी ताबूत भी उतरी। जिस धरती पर सालों पहले अनुजा बहु बनकर आयी थी, आज वहीं दोबारा वो अर्थी में आ रही थी। और चंद सेकेंड बाद सफेद कफ़न ओढ़े जो ताबूत उतरा उसे देख ऐसा कोई नहीं था जो रोया नहीं।

MASTER ABEER TRIPATHI

S/o COL. VIPLAV TRIPATHI

कहते हैं जनाज़ा जितना छोटा होता है, उतना ही भारी होता है। और इस भार के तले पूरा देश दबा था। असम राइफल्स ने इस एम्बुश में अपने पांच जांबाज़ की शहादत देखी थी, लेकिन अबीर की शहादत सबसे ज़्यादा दर्द दे गयी। अपनी आर्मी के मेजर अबीर को ताबूत में बंद देख दादा सुभाष टूट से गए। दादी बेसुध थी। रायगढ़ ग़मगीन था। भारत स्तब्ध था।

फूल मालाओं से सजी आर्मी ट्रक में एक शहीद परिवार आखिरी बार अपने घर जा रहा था। ज़िंदाबाद के नारे लगाते अमर सिपाही के पीछे पूरा शहर चल रहा था और ट्रक पर एक बड़ी फैमिली फोटो में विप्लव पत्नी अनुजा और बेटे अबीर के साथ मुस्कुराते सब देख रहे थे।

10 किलोमीटर लंबी यात्रा कर बेटे, बहु और पोता अपने अँगने में आया तो ताबूत में बंद होकर। विप्लव अब भी अपनी फेवरेट कलर ऑलिव ग्रीन में थे। बस वर्दी पर हरे से ज़्यादा गाढ़ा लाल रंग चढ़ा था।

जिस अनुजा के हाथों बनी चाय का स्वाद भूले नहीं भुलाता था उसके होंठों पर गंगाजल डालने का दुख कभी भुलाया नहीं जा सकेगा। और अबीर.. अबीर तो अभी ठीक से खेला भी नहीं था। दादा के कंधे पर चढ़कर पाकिस्तान पर हमला करने वाला आज उनके कंधे पर अंतिम यात्रा के लिए निकल पड़ा। रास्ते में मौजूद

हर कोई इस अंगने से निकले अर्थियों को कंधा दे देना चाहता था। एक बार उन्हें छूकर नमन कर लेना चाहता था। मोबाइल में जिस अबीर को भगत सिंह के रूप में क्रांतिकारी की तरह देखा था, आज वो भगत सिंह से कहीं छोटी उम्र में देश की खातिर शहीद हो चुका था। किसी को यकीन नहीं था कि ऊपर वाले की ये कैसी लीला थी जो रामलीला मैदान में रायगढ़ के साथ पूरा देश देख रहा था और एक बुजुर्ग दंपत्ति वाला परिवार झेल रहा था।

असम राइफल्स के 45 जवानों के जूतों की आवाज़ विश्राम और सावधान कर रही थी पर सुभाष और आशा त्रिपाठी के दिल की आवाज़ मौन थी। धक-धक करता दिल उस पल को नकार देना चाहता था जो सामने था। मातमी धुन बजी और फिर विप्लव त्रिपाठी के ताबूत पर ओढ़ाया तिरंगा लपेटा जाने लगा। हाथों में तिरंगा लिए कुछ जवान आगे बढ़े तो सामने बूढ़े मां बाप फफक पड़े। फिर वो तिरंगा मां-बाप को सौंप दिया गया। ये एक रस्म अदायगी है जो बताता है कि उनका बेटा शहीद हो गया। ये एक सबूत है कि उनका बेटा देश के लिए जीया और देश के लिए मरा। ये एक निशानी है जो आज से ताउम्र इस परिवार को अपने बेटे की याद दिलाता रहेगा। ये कहता रहेगा कि अफ़सोस नहीं सौभाग्य मनाओ की घर का बेटा इस तिरंगे में लिपटकर आया था।

इस आखिरी निशानी को पिता सुभाष सर माथे पर लगाते रहे, मां उसे चूमती रही इस आस में कि शायद इसमें बेटे विप्लव की कुछ यादें ज़िंदा मिल जाये। पर सामने सच था। जिस असम राइफल्स का प्रतीक ढाई मूर्ति है, उसके जवान बंदूकों से अपने कमांडर को आखिरी सलामी दे रहे थे और ढाई लोगों की चिताएं सजी थी जिसको आग देने घर के छोटे बेटे अनय खड़े थे। एक-एक कर तीनों चिताएं जल उठी और शहादत को सलाम करता देश विप्लव, अनुजा और 6 साल के अबीर के अमर होने की कहानी लिख गया।

जो चला गया वो लौटकर नहीं आता। न विप्लव आये, न अनुजा न अबीर। बस उनकी याद आती रही इसीलिए त्रिपाठी परिवार में जो शून्य आया वो गया नहीं। महीनों बाद जब आंसू भी सूखकर बहना बंद हुए तो पिता सुभाष की कलम चली और एक दिन उनके अखबार 'बयार' में उनकी भावनाओं का बयार बह गया। छप गया-

"सियाचिन ग्लेशियर से मणिपुर तक एक जांबाज़ सिपाही शहीद कर्नल विप्लव त्रिपाठी"

एक शहीद की अमर कहानी लिखने वाला एक पिता था या पत्रकार, पता नहीं। क्योंकि खुद के बारे में सुभाष बस यही बता पाते हैं कि 13 नवंबर को धमाका मणिपुर में हुआ था पर दो जान छत्तीसगढ़ में भी गयी थी। फ़र्क बस इतना है कि यहां सांसें अब भी बंद होने का इंतज़ार कर रही है।

पिता दर्द में है तो मां की ममता शब्दों में कहां रुकती। फिर भी कलम चली तो बस इतना लिख पाई कि उनके बेटे बहु और पोते ने देश के लिए जान दी। उनकी शहादत के लिए शहीद कर्नल विप्लव त्रिपाठी को अशोक चक्र तो मिलना ही चाहिए।

#विप्लव_के_लिए_अशोकचक्र
साइलेंट सोल्जर अनुज त्रिपाठी को सलाम
अबीर को बहुत सारा प्यार।

भारत मां को गर्व होगा कि उसने ऐसे ढाई मूर्ति को जन्म दिया।

"कायर हुनु भन्दा मर्नु राम्रो"

(डरपोक की तरह जीने से अच्छा है इज़्ज़त से मर जाओ)

आदर्श वाक्य: गोरखा रेजिमेंट

अलका

शौर्यम, दक्षम युध्धेय
बलिदान परम धर्म:

उरी-द सर्जिकल स्ट्राइक फ़िल्म में एक बच्ची अपने शहीद पिता को श्रद्धांजलि देते वक्त, ललकार अंदाज़ में जब ये युद्धघोष बोलती है तो आज भी मेरे रोंगटे खड़े हो जाते हैं और ये सीन देखकर आंखें नम हो जाती है।

सामने एक फौजी पिता ताबूत में बंद हो, तिरंगे से लिपटी अर्थी रखी हो और आप उनको आखिरी सलाम कर रहे हो तो कहां इतना होश रहता है या इतना जज़्बा बचता है कि आप वहां युद्धघोष का नारा लगा पाए या एक फौजी अंदाज़ में पिता को अलविदा कह पाए। इसीलिए ये सीन भारतीय फिल्म इतिहास के कुछ बेहद इमोशनल सीन में से एक है।

पर सिनेमा के पर्दे पर जो दिखा वो सिर्फ फिल्म नहीं बल्कि एक सच था। अलका का सच।

26 जनवरी 2015

गणतंत्र दिवस की ये सुबह कश्मीर से दिल्ली और यूपी के गाज़ीपुर तक खुशी की लहर लेकर आई। 42 राष्ट्रीय राइफल्स में कर्नल

मुनीन्द्र नाथ राय को विशिष्ट सेवा और वीरता के लिए युद्ध सेवा मेडल देने की घोषणा हुई, तो गाज़ीपुर को अपने लाल पर नाज़ हो गया। एम एन राय उस वक़्त कश्मीर में थे और पत्नी प्रियंका तीन बच्चों के साथ दिल्ली में जश्न मना रही थी। 11 साल की अलका, 8 साल की ऋचा और 6 साल का आदित्य शायद जानते भी नहीं होंगे कि उनके पिता की छाती पर सम्मान का जो नया सितारा लगने वाला है उसकी कीमत क्या होती है। उन्हें बस इतना पता था कि उनके ब्रेव पापा ने फिर कुछ बहादुरी का काम किया है। वो पापा जिनके लिए देश और ड्यूटी हमेशा परिवार से पहले रही।

राय 1997 में सेना में आये गोरखा रेजिमेंट के वीर बनकर। अपने कैडेट साथी और दोस्तों के बीच वो एक डार्लिंग की तरह थे। जेंटलमैन, मैन ऑफ वर्ड और सच्चा लीडर। टेरर ऑपरेशन में फ्रंट से लीड करना हो या अपनी मर्ज़ी से छुट्टी कैंसिल कर कश्मीर की बाढ़ में बांध बनकर लोगों को बचाना। खतरों से लड़ना उनका काम था और ऑपरेशन दर ऑपरेशन तिरंगे की शान कायम रखना जुनून था। कलकत्ता से असम, गुजरात और दिल्ली तक रहे पर राष्ट्रीय राइफल्स में रहने के कारण ज़्यादा वक़्त कश्मीर की दुर्गम पहाड़ों और घाटियों में बीता। इसी घाटी में उनके असाधारण वीरता को सलाम करने उन्हें युद्ध सेवा मेडल से नवाज़े जाने की घोषणा हुई। उनकी ज़िंदगी को करीब से जानने वाले बताते हैं कि उनका साहस देखकर लोगों को अक्सर फील्ड मार्शल सैम मानेकशॉ की बात याद आ जाती थी कि - अगर कोई कहता है कि उसे मरने से डर नहीं लगता तो वो या तो झूठ बोल रहा है या एक गोरखा है। उन्होंने व्हाट्सएप्प पर अपनी ज़िंदगी पर एक स्टेटस लिखा था -

"ज़िंदगी में बड़ी शिद्दत से निभाओ अपना किरदार,
कि पर्दा गिरने पर भी तालियां बजती रहे।"

27 जनवरी 2015

जिस किसी दिन कमांडेंट राय का फ़ोन नहीं आता तो प्रियंका समझ जाती थी कि वो किसी ऑपरेशन में बिजी हैं। पर उस दिन फ़ोन बजा और नंबर कश्मीर का था। फ़ोन उठाते वो अपनी खुशियां बांटती, हाल-समाचार पूछती उससे पहले सामने से आवाज़ आयी- 'मैं श्रीनगर में हॉस्पिटल से बोल रहा हूँ, आपके पति को सर पर गोली लगी है।'

थोड़ी देर में ही एक बार फिर फ़ोन की घंटी बजी। जिस घर में अब तक गैलेंट्री अवार्ड की खुशियां थी वहां उस जांबाज़ के शहादत की ख़बर पसर चुकी थी।

जम्मू-कश्मीर में पुलवामा डिस्ट्रिक्ट के त्राल में हिजबुल मुजाहिदीन के आतंकी छिपे थे। इस सर्च ऑपरेशन को लीड कर रहे थे कर्नल एम एन राय। जब आतंकी घिर चुके थे, तो सामने मकान से एक पिता और फिर एक भाई निकला ये बताने को कि उनके बेटे और भाई सरेंडर करने को तैयार है। कर्नल राय ने सरेंडर का मौका दिया और इस धोखे की चाल के बाद अचानक फायरिंग होने लगी। जवाबी फायरिंग में हिजबुल के दो आतंकी ढेर हो गए। पर उनकी ओर से चली एक गोली एम एन राय के सर में लगी। राय गिरे तो उनके पीछे जम्मू-कश्मीर पुलिस के हेड कॉन्स्टेबल संजीवन सिंह पर भी गोलियां बरस गयी। दो शहादत देश के हिस्से आयी पर राय परिवार के हिस्से ग़म का सैलाब भी आया। अचानक सबकुछ बिखर गया क्योंकि सबको समेटने वाला तिरंगे में लिपट गया।

29 जनवरी 2015

जिस मां बाप ने अपने तीनों बेटों को देश सेवा के लिए सेना में भेज दिया उसका कलेजा इतना मज़बूत भी नहीं था जो अपने बुढ़ापे में छोटे बेटे की अर्थी को कंधा दे पाए। फिर भी मां कह रही

थी कि भगवान ऐसा बेटा सबको दे। वो बेटा जो अंतिम यात्रा पर दिल्ली कैंट के ब्रार स्क्वायर जा रहा था और ट्रक पर उसकी 11 साल की बेटी साथ थी। एम एन राय की वीरता इतनी महान थी कि पूरे देश की आँखें अपने इस सपूत की कुर्बानी पर नम थी। शहादत इतनी बड़ी थी कि गोरखा रेजिमेंट और राष्ट्रीय राइफल्स के अफसरों-जवानों के साथ खुद आर्मी चीफ भी आखिरी सलामी देने आए।

पर फौलादी फ़ौजियों के रोंगटे भी खड़े हो गए, जब बेटी अलका अपने पिता को आखिरी बार प्रणाम करने आई। पिता के पैरों में फूल चढ़ाकर उसके हाथ अपने आप ही सलाम करने उठ गए और ललकारती आवाज़ में उसने पूछा "टाइगर 9 जीआर.. होई की होईना..."

मतलब था कि उसके पिता गोरखा के टाइगर थे या नहीं थे। ये गोरखा राइफल्स का वॉर क्राई था जिसको सुन सब सन्न रह गए। इतनी हिम्मत एक बेटी में तभी आ सकती है जब उसके पिता का पराक्रम कहानियों और शब्दों के पार जाता हो। ये सुन ऊंचे और गूंजने वाले शोर में सारे गोरखा चीख पड़े- होई की होईना... हो हो हो। होई की होईना... हो हो हो।

गोरखा राइफल्स के जवानों की दहाड़ बता रही थी कि सामने जिसकी अर्थी सजी है वो शेर है। उसका साहस बेमिसाल है, उसकी शहादत अतुल्य है।

इस कुर्बानी से पहले कर्नल राय ने अपनी जांबाजी के लिए युद्ध सेवा मेडल जीता था। शहादत के बाद परिवार को जब यादों का बक्सा मिला तब तक एम एन राय की वर्दी पर वीरता का एक और चक्र लग गया था। शौर्य चक्र।

पर इस परिवार का शौर्य तो किसी की सोच से भी आगे निकल गया। 11 साल की जिस बेटी को देश ने वॉर क्राई बोलकर

पिता को श्रद्धांजलि देते सुना वो खुद सेना के लिए तैयार हो गयी। एनसीसी कैडेट से सफर शुरू हुआ तो आगे सेना की राह चुन ली। अब तो बड़े बदलाव के बीच सेना के दरवाज़े महिलाओं के लिए खुल गए और अलका उस दहलीज़ को पार करने के लिए बेताब हैं। दिल्ली यूनिवर्सिटी की स्टूडेंट अलका आर्म्ड फोर्सेज मेडिकल कॉलेज और सशत्र सीमा बल की तैयारियों में लगी है। अपने तीनो बच्चों को अच्छी परवरिश दे रही प्रियंका अक्सर बच्चों से कहती हैं कि एक बार त्राल चलते है, वो मिट्टी जहां कर्नल मुनीन्द्र नाथ राय वीरगति को प्राप्त हुए। पर अलका मना कर देती है। उसकी ज़िद कहिए, दृढ़ निश्चय या प्रण। वो अगली बार कश्मीर अपनी वर्दी में ही जायेगी। ऑलिव ग्रीन में। क्योंकि अलका में संस्कार और जज़्बात दोनों पिता की विरासत है। वो पिता जिनकी वीरता की कहानी आज भी सुनकर दिल उनको सलाम कर देता है। और उरी फ़िल्म में अलका के जज़्बात महसूस कर आंखें छलक जाती हैं। एम एन राय की शहादत और बेटी अलका की सोच देखकर लगता है कर्नल राय ने सही लिखा था-

ज़िंदगी में बड़ी शिद्दत से निभाओ अपना किरदार,
कि पर्दा गिरने पर भी तालियां बजती रहे।

"जीवन पर्यन्त कर्तव्य"

(मौत आने तक कर्तव्य करते रहो)

आदर्श वाक्य: सीमा सुरक्षा बल (बीएसएफ)

अमर आंगन

47 में मिली आज़ादी पर, 62 में छाई वीरानी थी।

65 के ललकार की गूंज, 71 तक सरहद पर सुनामी थी।

99 की गर्मियों में जब बरसी गोलियां थी

कैप्टेन साहब का नारा ये दिल मांगे मोर थी।

527 सपूत तिरंगे में लिपटे घर लौटे थे

पर एक तिरंगा पहाड़ पर लहरा कर आये थे।

सरहद से अंदर देश के भीतर भी

खींची एक लाल लकीर थी।

बस्तर से लालगढ़ तक सजी

तिरंगे में लिपटी अर्थियां थी।

76 जवानों की शहादत से लाल दंतेवाड़ा था

40 फौजियों की थमी सांस का गवाह पुलवामा था

अरुणाचल से गुजरात और कश्मीर से केरल तक

भारत का ताज कई बार हुआ लहूलुहान था।

पर जब-जब जवानों का खून बहा

उसके एक-एक कतरे से नया हिंदुस्तान बना

जब तक सांसें चली देश की शान सलामत रखा

मरते वक्त भी दुश्मनों को बर्बाद और देश आबाद रखा।

राखी पर भाई बना, दिवाली पर

सबने एक दीया उसके नाम रखा।

होली पर वो गोलियों से खेलता रहा

ईद पर अपनों से दूरी झेलता रहा।

कभी लौटा तो गांव-गलियारे झूम उठे

कभी सिर्फ ताबूत लौटा जब मातमी धुन चीख उठे।

कभी चिट्ठी संदेशा सब खुशियों की खबरें लाया

कभी सिर्फ सूचना आयी, शहादत का पैगाम आया।

मां बिलख पड़ी, पत्नी बेसुध हुई

बूढ़े बाप के कंधे पर जवान की जब अर्थी आयी।

बच्चों को कौन बताए जिसका वो तारा था

वो खुद सितारा बन गया।

फिर भी उस अंगने को सौभाग्य मिला

उसके बच्चे को देश के लिए वीरगति मिली।

कुर्बानी देश की ख़ातिर सबको क़बूल हुई

वो सपूत अपने आंगन में अमर हो गया।

"शं नो वरुण:"

(समुन्द्र के देवता हम पर कृपा करो)

आदर्श वाक्य: भारतीय नौसेना

किरण

पापा- नेवी ऑफिसर

भाई- नेवी ऑफिसर

पति- नेवी ऑफिसर

चमचमाती सफेद वर्दी सिर्फ एक यूनिफॉर्म नहीं थी, किरण और उसके परिवार के लिए ज़िंदगी की तरह थी। जैसे सांस लेना, वैसे ही यूनिफॉर्म पहनना। पापा विजेंद्र सिंह शेखावत और भाई निखिल शेखावत दोनों इंडियन नेवी में थे. इसलिए बचपन के दिनों में जब बाकी बच्चे गुड्डे-गुड़ियों से खेलते थे तब किरण जहाज़ों से खेलती। सब-मरीन और नेवल मिनिएचर उसके खिलौने थे। उसे पापा की व्हाइट यूनिफॉर्म हमेशा से पसंद थी। वो चाहती थी कि एक दिन वो भी पूरे हक़ के साथ ये वर्दी पहने।

परिवार की जड़ें राजस्थान में थी, पर नेवी में जॉब और ट्रांसफर के कारण समंदर किनारे बसे शहरों में हर कुछ साल में ठौर बदलता रहता। 1988 में इसी सफर में मुम्बई में किरण का जन्म हुआ था। तब किसी ने सोचा नहीं था कि समन्दर की लहरों में ही इस बच्ची की पूरी ज़िंदगी लिखी है। 5 जुलाई 2010 को 22 साल की उम्र में किरण शेखावत की दुनिया बदल सी गयी। किरण ने इंडियन नेवी जॉइन कर लिया, और आब्जर्वर विंग में कमीशन के बाद उसके बचपन का सपना पूरा हो गया।

2013 में किरण की शादी हरियाणा के विवेक सिंह चोकर से हुई। विवेक उस वक़्त इंडियन नेवी में लेफ्टिनेंट थे। शादी धूमधाम से हुई और ये भी तय हो गया कि किरण की पूरी ज़िंदगी नेवी के इर्द-गिर्द रह जायेगी। इंडियन नेवी में महिलायें 60 के दशक से हैं लेकिन 2015 आते-आते तक भी देश की रक्षा से जुड़ी इस सर्विस में महिलाओं की संख्या गिनती भर की थी। इसलिए किरण का कारनामा नारी शक्ति का उदय जैसा था। डोर्नियर विमान में 750 घंटे की उड़ान पूरी कर चुकी किरण आब्जर्वर की भूमिका में सशक्त थी। समंदर तट पर देश की सीमा पर परिंदा भी पर नहीं मार सकता जब निगेहबानी किरण कर रही होती थी। सिंगापुर की नेवी के साथ इंडियन नेवी के जॉइंट नवल एक्सरसाइज में वो देश की नेवी को रिप्रेजेंट कर चुकी थी। ईस्टर्न और वेस्टर्न दोनों फ्लीट्स में किरण एक जाना पहचाना नाम हो गयी थी।

एक सफल नेवी ऑफिसर के तौर पर किरण तैयार थी। बस कसक थी कि शादी के दो साल बाद भी हस्बैंड के साथ कुछ ही मौके मिले जो दोनों ने साथ बिताए। पति विवेक केरल के एझिमाला में नवल इंस्ट्रक्टर के तौर पर पोस्टेड थे और लेफ्टिनेंट किरण उन दिनों गोवा में पोस्टेड थी। पर 2015 के शुरुआती दिनों में दो खुशखबरी किरण को मिली। पहली की कुछ महीने बाद उनका ट्रांसफर केरल में हो जायेगा, यानी वो फाइनली हस्बैंड के साथ अपनी मैरिड लाइफ को ज़्यादा करीब से जी पाएंगी। और दूसरा कि रिपब्लिक डे के मौके पर राजपथ पर फर्स्ट ऑल वीमेन मार्चिंग परेड में वो इंडियन नेवी के यूनिफॉर्म में परेड करती देश को दिखेंगी। ये बात दोनों शेखावत और चोकर फैमिली के लिए बड़े गर्व की थी।

किरण अपने नेवी के सपने को जी रही थी। वो सफेद वर्दी, सर पर अशोक स्तम्भ बैज वाली टोपी, नवल शिप, प्लेन में गुजरते दिन और लहरों से लड़ती ज़िंदगी। वो जब भी किसी सॉर्टी यानी

मिशन में जाती तो हस्बैंड विवेक को बता देती। फिर लौट कर आने के बाद अपने कारनामों के किस्से बताती।

24 मार्च 2015 की शाम भी पहले की तरह करीब साढ़े 6 बजे विवेक को उसने बताया कि वो मिशन पर जा रही है। हमेशा की तरह कह गयी कि वापस आकर कॉल करूँगी। पर काफी इंतज़ार करने के बाद भी किरण का कॉल नहीं आया। उनका फ़ोन नॉट रीचेबल था।

कुछ घंटे बाद विवेक के पास गोवा में नेवी ऑफिस से कॉल आया। उसे फौरन गोवा आने को कहा गया। फ़ोन पर दूसरी ओर से बताया गया कि जिस डोर्नियर 228 एयरक्राफ्ट पर लेफ्टिनेंट किरण शेखावत, पायलट निखिल जोशी और को-पायलट लेफ्टिनेंट अभिनव नागोरी सॉर्टी पर निकले थे उससे 10 बजकर 8 मिनट पर सम्पर्क टूट गया। वो डोर्नियर गोवा के तट से 25 मील दूर समंदर में क्रैश कर गया है।

ये बात विवेक के लिए पैरों तले ज़मीन खिसका देने जैसी थी। वो जिस हालात में थे, जो मुमकिन साधन थे उससे गोवा पहुंच गए। जाने पर पता चला कि इंडियन नेवी पूरे दल-बल के साथ रेस्क्यू मिशन पर है। पायलट निखिल जोशी को मछुआरों ने बचा लिया था। पर किरण और अभिनव मिसिंग थे। अपने दो जांबाज़ अधिकारियों को बचाने के लिए हरसंभव कोशिश की जा रही है। इंडियन नेवी और कोस्ट गार्ड के 12 से ज़्यादा जहाज़ और कई विमान खोजबीन में लगे थे और समंदर के तट से विवेक बस चमत्कार की उम्मीद में प्रार्थना कर रहे थे। उन्हें पूरी उम्मीद थी कि इस रेस्क्यू मिशन में किरण को बचा लिया जायेगा। एक नेवी सेलर की बेटी, एक नेवी अफसर की बहन और नेवी ऑफिसर की पत्नी जो खुद नेवी में लेफ्टिनेंट हैं, समंदर उसे डुबा नहीं सकता।

48 घंटे तक समंदर की ख़ाक छानने के बाद रेस्क्यू टीम आखिरकार किरण तक पहुंची पर वो बेजान थी। किरण की बॉडी

समंदर से निकली तो उम्मीद की हर लौ बुझ गयी। अगली सुबह अभिनव नागोरी की भी डेडबॉडी मिल गयी।

विवेक के साथ राजस्थान और हरियाणा से लेकर पूरा देश शोक में था। सन्न था। हैरान था। मातम का जो मंज़र था, वो पहले कभी नज़र नहीं आया था क्योंकि पहली बार लाइन ऑफ ड्यूटी में कोई महिला की शहादत देश के हिस्से आयी थी।

आज तक शहीदों की मज़ारों पर सिर्फ बेटों के नाम दर्ज थे, ये पहली दफा था कि एक बेटी, एक बहन, एक पत्नी का नाम वतन पर मर-मिटने वालों में अमर हो गया था। हरियाणा के मेवात में जब तिरंगे में लिपटी किरण आयी तो कुर्थला गांव का बच्चा-बच्चा रो पड़ा। दो साल पहले किरण यहां डोली में आयी थी और अब नेवी ऑफिसर्स के कंधे पर, ताबूत में बंद, तिरंगे में लिपटी लौटी। पिता, पति, भाई सब इस बलिदान की कीमत जानते थे। जो नेवी उनकी ज़िंदगी थी, उसकी शान की खातिर किरण की कुर्बानी इतिहास में दर्ज हो गयी थी। तिरंगे से लिपटी किरण को अंतिम सलामी देते वक्त हाथ कांप रहे थे, आंसुओं का समंदर बह रहा था, लेकिन बॉडी के ऊपर रखी नेवी की वो सफेद टोपी गौरवगाथा को समेटे बोल रही थी कि ये अंत नहीं है। सेना में, लोगों की सोच में और देश के लिए लड़ने-मरने को तैयार लड़कियों के लिए ये एक शुरुआत है। देश के लिए प्राण न्योछावर करना अगर सौभाग्य है, तो लड़कियां अब इसमें भी पीछे नहीं रहेंगी। इस नये भारत को नयी किरण देकर लेफ्टिनेंट किरण शेखावत शहीद हो गयी।

"नभः स्पृशं दीप्तम"

(गर्व के साथ आकाश को छूना)

आदर्श वाक्य: भारतीय वायु सेना

संध्या

3 जून 2019

स्थान: जोरहाट एयरबेस

हैलो.. हैलो.. कोई मुझे सुन पा रहा है.. जवाब दीजिए फ्लाइट लेफ्टिनेंट आशीष तंवर.. हैलो.. एएन-32.. कोई है.. हैलो.. आशीष..

एक ओर शोर था, दूसरी ओर से कोई आवाज़ नहीं आ रही थी। जोरहाट में इंडियन एयर फोर्स के एयर ट्रैफिक कंट्रोल रूम का माहौल पल भर में बदल चुका था। आधे घंटे पहले तकरीबन साढ़े 12 बजे इंडियन एयर फोर्स के AN-32 विमान ने असम के जोरहाट से अरूणाचल प्रदेश के मेचूका एयरबेस के लिए उड़ान भरी थी। एयर फोर्स के 8 क्रू मेंबर्स के साथ टोटल 13 लोग उस विमान में थे, जो पिछले कुछ मिनटों से रडार से बाहर था। एटीसी में उस वक़्त जो था, सबके होश उड़ गए थे। मेचूका मिलिट्री एयरपोर्ट पहाड़ी इलाके में था। मौसम खराब था। चीन बॉर्डर क़रीब था। इसीलिए शक हुआ कि कहीं खराब मौसम में फ्लाइट चीन की सीमा में तो नहीं गया। या कहीं क्रैश लैंडिंग तो नहीं हुई। सफर 50 मिनटों का था लेकिन उड़ान भरने के 35 मिनट के बाद हर कोई बस एक बार उस प्लेन की पोजीशन जान लेना चाहता था। रडार से जुड़ी मशीन पर जो बटन दब सकते थे, रडार ऑपरेटर

संध्या वो सब दबा रही थी। माथे पर पसीना और आंखों में नमी के साथ हेडफोन पर वो पूछ रही थी, चीख रही थी हेलो.. हेलो.. फ्लाइट लेफ्टिनेंट आशीष तंवर जवाब दीजिये। हेलो आशीष.. हेलो कोई सुन रहा है..

रडार पर न प्लेन लौटा न माइक पर एटीसी को किसी से जवाब मिला और न ही रडार ऑपरेटर संध्या की चीख पर फ्लाइट लेफ्टिनेंट आशीष की आवाज़ आयी।

"हेलो आशीष.. आशीष.."

एक घंटे के अंदर जोरहाट एटीसी से निकला डर दिल्ली में रक्षा मंत्रालय से सेना के तीनों हेडक्वॉर्टर तक पहुंच गया। 13 एयर फोर्स अधिकारियों और जवानों के साथ **AN32** विमान के लापता होने की ख़बर पक्की हो गयी और हरियाणा के पलवल में तंवर परिवार के घर फ़ोन की घंटी भी बज गयी।

एटीसी जोरहाट में रडार ऑपरेटर संध्या ने एयर फोर्स में स्क्वाडरेन लीडर अनुजा तंवर को फ़ोन लगाया। अनुजा के फोन उठाते मंद आवाज़ में संध्या ने बताया- दीदी आशीष जिस प्लेन में आज मेचूका जा रहे थे वो मिसिंग है। **AN32 is untraceable.**

एयर फोर्स की दो ऑफिसर्स के बीच बात हो रही थी, इसीलिए मामले की गंभीरता और उसके इम्पैक्ट को दोनों समझ रहे थे। फिर भी अनुजा ने वापस पूछा, इस दफे थोड़ा सहम कर- भाभी आप क्या बोल रही हो। रुआंसी आवाज़ में संध्या सिर्फ यही बोल पायी कि - '**We are trying our best.**'

फ़ोन पर लाल बटन दबा लेकिन एक लाल बटन संध्या के भीतर जल रहा था।

जोरहाट एटीसी में रडार ऑपरेटर फ्लाइट लेफ्टिनेंट संध्या (सोलंकी) तंवर फ्लाइट लेफ्टिनेंट आशीष तंवर की वाइफ थी। दो साल से कम की शादीशुदा जिंदगी में दोनों पहली बार एक ही

एयरबेस में पोस्टेड थे। आशीष AN32 विमान में थे, और उस विमान के पल-पल की खबर रख रही थी रडार पर संध्या तंवर। तकरीबन 1 बजे जब रडार से फ्लाइट का संपर्क टूटा तो ये बात सबसे पहले संध्या को ही मालूम हुई। एयर फोर्स का विमान उसमें 13 अधिकारी और जवान, ये ड्यूटी का पार्ट था, लेकिन उन 13 में एक फ्लाइट लेफ्टिनेंट आशीष तंवर का नाम संध्या के लिए ज़िन्दगी का दूसरा नाम जैसा था। अपनी आँखों के सामने पति की प्लेन गायब होते देखना कितना बेचैन कर गया होगा, ये संध्या तंवर के अलावा न कोई जान सकता है न कभी कोई पूरा समझ सकेगा।

पलवल में तंवर परिवार की पहचान भारतीय सेना को समर्पित परिवार की रही है। आशीष तंवर के पिता और 4 चाचा सभी सेना में रहे हैं। बहन अनुजा, आशीष और उनकी पत्नी संध्या भी भारतीय वायु सेना में है। ऐसे में देश की ख़ातिर जीना इस परिवार के रगों में रहा है। पर बेटा लापता हो तो मां का मजबूत से मजबूत दिल भी रो उठता है। मां को समझ नहीं आ रहा था कि ऐसे कैसे हो गया कि एक विमान लापता है। अरुणाचल के पहाड़ों में हो या चीन की दीवार पर, उन्हें बस अपना बेटा चाहिए था, सुरक्षित, ज़िंदा।

पिता की घबराहट उन्हें असम तक खींच ले गयी कि आखिर उनके बेटे को खोजने की कोशिश कितनी मुकम्मल है।

उधर असम से अरुणाचल प्रदेश तक हर सेना, सेना की हर टुकड़ी, हर फ्रंट पर पूरी ताकत झोंक दी गयी। आर्मी, नेवी, एयर फोर्स, आइटीबीपी, इसरो सब रेस्क्यू मिशन पर थे। जल, थल, वायु सब जगह तीनों सेना की टीम चप्पा-चप्पा छान मारती रही।

हर नाकाम कोशिश और ढलते सूरज के साथ हर बीतता दिन अरुणाचल की पहाड़ों पर संशय के बादलों का घर बना रहा था। 2016 में चेन्नई के पास ऐसे ही एक AN-32 विमान रडार से

लापता हो गया था। देश का सबसे बड़ा सर्च ऑपरेशन चलने के 56 दिनों बाद भी न विमान मिला था न 29 में से एक भी सेना के जवान या यात्री। इस बार फिर AN-32 विमान लापता था और 9 दिनों तक न विमान का कोई सुराग था न किसी अधिकारी या जवानों का।

एटीसी में बैठी संध्या बस रडार और दूसरे मशीन को देखती रहती की शायद कोई चमत्कार हो जाये। किसी तरह विमान या किसी यात्री से संपर्क हो जाये। एक बार आशीष तक उसकी आवाज़ पहुंच जाए। इधर पलवल में मां के आंसू सूख गए पर विस्वास हरा था कि उनका बेटा सही-सलामत घर लौटेगा।

पर 10वें दिन अरुणाचल प्रदेश के लिपो गांव के पास पहाड़ियों पर विमान का ब्लैक बॉक्स और विमान के कुछ टुकड़े मिले। और थोड़ी देर में इंडियन एयर फोर्स ने भारी मन से देश को बता दिया कि **AN-32** विमान हादसे में कोई ज़िंदा नहीं बचा। विंग कमांडर जी एम चार्ल्स, स्क्वाडरेन लीडर एच विनोद, फ्लाइट लेफ्टिनेंट आशीष तंवर, एम के गर्ग, सुमित मोहंती, वारंट ऑफिसर के के मिश्रा, सार्जेंट अनूप कुमार, कॉर्पोरल शहरिन, लीडिंग एयरक्राफ्ट मैन एस के सिंह, पंकज, राजेश कुमार और पूताली। इन सबकी शहादत देश के हिस्से आ चुकी थी। दुश्मनों के छक्के छुड़ा देने वाले वीर सपूत खराब मौसम में पहाड़ से टकरा गए और फिर कभी लौट कर वापस नहीं आये। न उस रडार पर उनका विमान आया जिसे देख संध्या आज भी थम जाती है। न आशीष ज़िंदा लौट पाए।

सेना में रहते, अपनी ड्यूटी करते पति के बलिदान को आंखों से देखना, उस पल की पहली गवाह बनना किसी के लिए कभी आसान नहीं होता। संध्या के लिए भी नहीं। पर उसके फौलादी इरादे ही हैं जो वो आज भी जब आसमान या किसी पहाड़ को देखती है तो शायद नज़रें पहाड़ की झुक जाए पर संध्या का हौसला

नहीं झुकता है। आशीष आज भी दिल, दिमाग सब जगह हैं। पर आसमानी वर्दी में संध्या हमेशा सोचती है कि उस दिन अगर आसमान साफ रहता तो आज आशीष ज़िंदा होते। इस कसक के साथ आँखों के सामने वो मंज़र तैरता रहता जब रडार से अचानक देखते-देखते आशीष का विमान गायब हो गया, और फिर आँसू को अंदर ही समेट कर वो अपनी टोपी को ठीक से माथे पर लगाती और अपने स्टेशन की ओर देश सेवा के लिए बढ़ जाती।

"कर्तव्यं अन्वात्मा"

(सेवा करते समय मरना गर्व की बात है)

आदर्श वाक्य: डोगरा रेजिमेंट

आखिरी संदेश

कारगिल में शहीद हुए कैप्टेन सुमीत रॉय की मां स्वप्ना रॉय बताती हैं कि हर साल कारगिल विजय दिवस के दिन उन्हें कई फोन कॉल्स आते हैं। मीडिया वाले उनके घर आते हैं। कोई इंटरव्यू लेता, कोई कैमरे चमकाता। जब-जब ऐसे दिन यादों का बक्सा खुलता है तो उस बक्से में वर्दी से निकलती महक, वो तस्वीरें, ख़त सब यादों को ज़िंदा कर देती हैं। आंखों में आंसू और दिल में बेटे की बातें फिर बह जाती हैं।

"24 साल हो गए, हम अपने आप को दूसरी चीजों में बिज़ी रखते हैं ताकि दर्द भुलाया जा सके। पर सच ये है कि जिस दिन बच्चे फौज में जाते हैं, उसी दिन से उनपर पहला हक़ मां का नहीं भारत मां का हो जाता है। एक फौजी जो सरहद पर पोस्टेड हो, उसके बारे में ऐसा नहीं होता कि कोई बुरी ख़बर समय देखकर मिले। जिस दिन बेटा सेना में गया, उस दिन से ही एक फौजी की मां जानती है कि किसी भी दिन फ़ोन की घंटी बज सकती है और शहादत का संदेश मिल सकता है।"

सोचिए हमारे सपूतों की मां का कलेजा कितना मज़बूत होता है कि वो मां भारती के लिए अपने बेटे की कुर्बानी को भी इस अंदाज़ में कह देती हैं। एक मां का दिल हर स्तिथि के लिए तैयार

रहता है, ये जज़्बात बताते हैं कि वतन पर मर-मिटने वाले वीर जवानों से भी ज़्यादा महान इस देश की मां हैं, उनकी पत्नी उनके बच्चे हैं।

जब घर का लाल शहीद हो जाता है, तो उस मां का क्या जो बूढ़ी है और बेटे की राह तक रही थी। एक पत्नी जिसने शादी के बाद पहला बसंत भी न देखा, एक बच्ची जिसने कभी पिता का चेहरा नहीं देखा ऐसे लोगों के पास क्या बचा रह जाता है। यादों का बक्सा। एक बक्सा जिसमें उस लाल के सेना में कमीशनिंग से शहादत तक के हर लम्हें सहेज कर रखे हो।

ऐसे ही कुछ परिवारों की दास्तां समेट कर लिखने की कोशिश है कि उन्हें यादों के बक्से में क्या मिला।

मेजर पद्मपाणि आचार्य

"हतो वा प्राप्स्यसि स्वर्ग जित्वा वा भोक्ष्यसे महीम्
तस्मादुत्तिष्ठ कौन्तेय युद्धाय कृतनिश्चय!!"

ये भगवत गीता में कृष्ण-अर्जुन के संवाद का एक श्लोक मात्र नहीं,
अपराजिता आचार्य के लिए उनके पिता की लिखी आखिरी शब्दों
में से है। इस श्लोक में भगवान कृष्ण अर्जुन को कहते हैं- "युद्ध
में मरकर तुम स्वर्ग प्राप्त करोगे, जीत गए तो पृथ्वी को भोगोगे।
इसीलिए उठो और दृढ़निश्चय कर युद्ध लड़ो।"

19 जून 1999 को मेजर पद्मपाणि आचार्य ने ये बातें ख़त में
लिखकर अपने पिता को समझायी थी। राजपूताना राइफल्स में
मेजर पद्मपाणि 1999 की गर्मियों में छुट्टी पर घर आये थे। ताकि
अपने होने वाले पहले बच्चे को जन्म लेता देख सके। पर एक
दिन अचानक ड्यूटी पर रिपोर्ट करने बोला गया। बिना कुछ डिटेल
बताए वो चले गए, ये दिलासा देकर कि काम खत्म होते वापस
आयेंगे। बीच-बीच में फ़ोन पर बात हुई, लेकिन बताया नहीं कि
कहां हैं। कुछ दिनों में ही अखबार और टीवी वो दिखा रहा था जो
एक फौजी का परिवार कभी नहीं चाहता। युद्ध।

सबको पता चल गया कि पद्मपाणि उस वक़्त कारगिल में थे
और कंपनी कमांडर के तौर पर उस जगह तैनात थे जहां सूरज की

किरणों से ज़्यादा मानो गोलियों की बौछार हो। सीमा पर छिड़े इस महायुद्ध में सैंकड़ों भारतीय सपूत शहीद हो रहे थे। इसकी परवाह किए वगैर मेजर साहब अपने पिता एक्स-विंग कमांडर जगन्नाथ आचार्य को याद दिला रहे थे कि रणक्षेत्र में जो लड़ सका वही महान है। फिर ख़त में गुजारिश थी कि उनकी पत्नी चारु को रोज़ महाभारत और गीता की कहानियां सुनाए ताकि उनका होने वाला बच्चा मां के पेट से अच्छी वैल्यूज सीख कर इस दुनिया में आये। उस वक़्त चारुलता 6 महीने की प्रेग्नेंट थी।

21 जून को मेजर साहब का जन्मदिन था, उस दिन परिवार के साथ फ़ोन पर बातचीत हुई। जंग के कारण फ़ोन पर बात मुश्किल से होती थी। ख़त लिखते और फिर घर पहुंचते कई दिन लग जाते। इस बीच 28 जून को ख़त नहीं सिर्फ संदेश आया।

'मेजर पद्मपाणि आचार्य इज़ नो मोर।'

पता चला कि कारगिल में तोलोलिंग पॉइन्ट पर पाकिस्तानी सेना पूरे दल-बल और हथियारों से लैस थी। वहां वापस भारत का तिरंगा लहराने मेजर साहब गोलियों की बरसात के बाद भी बढ़ते गए। पराक्रम की पराकाष्ठा का प्रदर्शन करते गोलियों से वो छलनी हो गए। बैटल ऑफ तोलोलिंग में भारत जीत गया और कंपनी कमांडर ज़िंदगी से जंग हार गए।

चारु को जब ये बात पद्मपाणि आचार्य के पिता ने बताया तो उन्हें समझ नहीं आया कि इस शहादत पर गर्व करूं या विधवा होने का शोक मनाऊं। मरणोपरांत बहादुरी का दूसरा सबसे बड़ा सम्मान महावीर चक्र पद्मपाणि आचार्य के अदम्य साहस की कहानी कह रहा था।

तीन महीने बाद शहीद पद्मपाणि आचार्य की पत्नी चारु ने एक नन्हीं सी गुड़िया को जन्म दिया। नाक नक्श पूरे अपने पापा जैसे। लगा कि पद्मपाणि वापस आ गए अपनी बिटिया के जरिये।

इसीलिए नाम रखा अपराजिता। जिसे कोई पराजित न कर सके। न नियति न इंसान न कोई खालीपन।

अपराजिता थोड़ी बड़ी हुई तो उसने जब यादों का बक्सा खोला तो मानो उसके पिता की हर चीज़ जो उसने कहानियों में सुनी थी, वो सब ज़िंदा हो गये। वो वर्दी, तस्वीरें, वाइफ के साथ के कुछ यादगार लम्हें, बहुत सारे ख़त और महावीर चक्र सम्मान जिसमें शहीद पिता के बलिदान और पराक्रम की कहानी दर्ज हैं।

अपराजिता ने अपने पिता को कभी नहीं देखा। उसे पता नहीं कि पाकिस्तानी सेना के छक्के छुड़ाने वाले उनके पिता निजी जिंदगी में कैसे थे। इस सवाल के कुछ जवाब बस उन गुलाबी-आसमानी अंतर्देशीय पत्रों में मिलती जो आज के ज़माने में भूली-बिसरी यादों के जैसी है। बिल्कुल साफ सुंदर हैंडराइटिंग को देखते ही अपराजिता की आंखें चमक उठती। इन ख़तों में कहीं वो अपने अंदाज के रोमांटिक पति थे, कहीं आदर्श बेटे और ज़्यादातर जगह भारत मां के एक वीर योद्धा। जब वो पढ़ती कि पिता को हर वक़्त अपने होने वाले बच्चे की फिक्र रहती, अपराजिता का दिल भर आता।

यादों के बक्से से निकले मेजर साहब की वर्दी को उसने ड्रॉइंग रूम में लगा दिया है और अब जब मां-बेटी वहां खड़े होकर फ़ोटो क्लिक करती तो लगता है पद्मपाणि आचार्य वहीं उनके साथ खड़े हैं। इसके बाद अपराजिता ने पिता की विरासत को हमेशा के लिए सहेज कर रखने उनकी तस्वीरों, ख़त और बहादुरी के किस्सों को कॉफ़ी टेबलबुक के रूप में सजा लिया है। अब यादों का बक्सा एनसीसी कैडेट रही अपराजिता के चेहरे पर मुस्कान और माथे पर शौर्य का साया लाता है।

शफ़ीक़ घोरी

1 जुलाई 2001 की सुबह बैंगलोर में सुहानी थी। पर सलमा का तापमान उतना सुहाना नहीं था। 29 की उम्र थी, साथ दो बच्चे थे सूफिया और सैफ। दिन रविवार का था, तो बच्चों की मस्ती चरम पर थी। घर ही नहीं पोस्ट ऑफिस में भी छुट्टी थी, इसीलिए डाकिये का इंतज़ार बेमानी था। और पति कुछ तीन हज़ार किलोमीटर दूर बारामुला में तैनात थे।

उन दिनों मोबाइल का ज़माना नहीं था, लैंडलाइन था पर बात बमुश्किल होती थी। सलमा को पता भी नहीं होता था कि उनके कैप्टेन पति को कब फ़ुर्सत मिलेगी फ़ोन घुमाने की। इसलिए बातें ख़त के ज़रिए होती थी। कैप्टन शफ़ीक़ घोरी कहते थे की सलमा अकेले हज़ारों किलोमीटर दूर रहकर बच्चों को लाड़-प्यार से बड़ा कर रही हैं, ऐसे में उनकी कमी न खले, इसीलिए घोरी साहब रोज़ एक ख़त अपनी सलमा को लिखते थे। जिस दिन ख़त नहीं आता, उस रोज सलमा दिन भर फोन के इर्द-गिर्द घूमती कि न जाने कब घंटी बज जाए।

पर उस दिन फ़ोन का कनेक्शन कटा हुआ था, पोस्ट ऑफिस की छुट्टी थी इसलिए सलमा-शफ़ीक़ की लॉन्ग डिस्टेंस रिलेशनशिप में भी छुट्टी का माहौल था। हर ख़बर से बेखबर सुबह सलमा बच्चों के साथ अपने मां के घर चली गयी।

शाम को वापस घर लौटी तो कुछ आर्मी ऑफिसर्स और कुछ आर्मी वाइव्स सलमा के घर आ गए। एक ने पूछा कि सुबह से वो कहाँ थी, न फ़ोन न डोर बेल.. हम कितनी दफ़ा आये मिलने को। दूसरी साथी ने सलमा को कुर्सी पर बिठाया और बिना रुके कहा-

'मेजर घोरी इज़ नो मोर।'

सलमा को यकीन था कि वो कुछ गलत सुन बैठी। दोबारा पूछा और जो जवाब मिला वो सन्न कर गया।

30 राष्ट्रीय राइफल्स में तैनात मेजर शफ़ीक़ महमूद खान घोरी जम्मू-कश्मीर के बारामुला में देश की ख़ातिर शहीद हो गए थे। 1 जुलाई 2001 को आतंकवादियों से सीधी गन बैटल में ऑपेरशन रक्षक के दौरान मेजर घोरी को गोली लग गयी थी। फिर भी अपने प्राणों की चिंता किये वगैर मेजर साहब अपने घायल साथी को बचाने की कोशिश करते गोलियों से छलनी हो गए। और मैसूर का योद्धा अमर बलिदानी बन गया।

बारामुला की पहाड़ियों में बलिदान की एक कहानी लिखी जा चुकी थी, बैंगलोर में दूसरे की नींव पड़ चुकी थी। 10 साल की शादीशुदा जिंदगी में सलमा अगले दिन घर से निकली तो उनका सुहाग ताबूत में बंद घर लौट रहा था। एक हाथ ताबूत पर अंगुलियां फेर रहा था दूसरा दो बच्चों की अंगुलियां थाम रहा था। सलमा, सूफ़िया, सैफ सब पीछे छूट गए और शफ़ीक़ घोरी देश की मिट्टी में घुल-मिल गए थे।

आंसू आंखों में कैद थे और घर पर डाकिया आख़िरी ख़त छोड़ गया था। सलमा को यकीन नहीं हो रहा था कि सच क्या है। वो जो अभी वो देखकर आयी या वो जो इस ख़त में लिखा मिला। मेजर शफ़ीक़ अपनी खैरियत बताते लिख गए कि मैं जल्दी आऊंगा। बच्चों का और अपना ख़्याल रखना।

शादी की शुरुआती सालों में सलमा अपने पति के साथ ही रहती थी। लेकिन फिर पंजाब, त्रिपुरा और श्रीनगर के टफ पोस्टिंग्स में

हर वक़्त फैमिली साथ नहीं रह पायी। 1999 में श्रीनगर में फील्ड पोस्टिंग के वक़्त से सलमा बच्चों के साथ बैंगलोर में रहने लगी। 2001 आते-आते दो साल का वक़्त हो गया था। दो साल और वक़्त बचा था जब शफ़ीक़ घोरी को फिर कोई ऐसी पोस्टिंग मिलती जहां वो फैमिली के साथ रह पाते। कश्मीर में उनकी जांबाजी उनके आर्मी स्टाफ मेडल के रूप में आज भी घर की दीवार पर शान से चमकती है। इसके साथ मेजर शफ़ीक़ घोरी के सामानों से भरा यादों का बक्सा सलमा के पास पहुंचा। उस काले बक्से में ऊपर मोटे सफेद अक्षरों में लिखा था-

Maj. Shafeeq M.K Ghori

30 RR

IC- 45879

बक्सा खुला तो खून के धब्बों से लाल वर्दी थी, वॉलेट, कुछ तस्वीरें, एक तिरंगा और बहुत सारे ख़त मिले। वो ख़त ज़िंदगी के साथी बन गए। आज भी सलमा उस बक्से को खोलकर यादों के पन्ने पढ़ती कभी चहकती, कभी हंसती, कभी रो लेती हैं। जिस वर्दी पर खून के छींटे थे, उसी में शफ़ीक़ की आख़िरी महक भी थी, जिसे वो जाने नहीं देना चाहती थी। शफ़ीक़ की शहादत के 8 साल बाद तक सलमा ने उस वर्दी को धोया नहीं। बस उसे सीने से लगाकर कुछ एहसास वो जी लेती थी।

आज सलमा एक संस्था के जरिये देश की ख़ातिर कुर्बान हुए जवानों के परिवार और उनकी वाइव्स के लिए काम कर रही हैं। ऐसा कर वो अपना और अपने जैसे कई और बहादुर परिवारों के आंसू पोंछ रही है, उनकी ताकत बन रही हैं। इसलिए कई बार लगता है कि शफ़ीक़ घोरी बनना आसान नहीं। लेकिन सलमा घोरी बनना उससे भी बड़ा बलिदान है।

मंगत सिंह भंडारी

प्रिय रेखा...

हर ख़त की शुरुआत मंगत सिंह ऐसे ही करते थे। गढ़वाल राइफल्स में नायक मंगत सिंह भंडारी 98 दिसंबर से उधमपुर में पोस्टेड थे। छुट्टियों के बाद आखिरी बार घर से लौटे तो पत्नी रेखा की गोद में 2 साल की बेटी नीलम, 4 साल का बेटा नीरज था और पेट में एक नयी ज़िंदगी आकार ले रही थी। उस दौर में फ़ोन हर किसी के पास नहीं था। इसीलिए रेखा और मंगत एक दूसरे को चिट्ठी लिखते। रेखा हर रोज़ डाकिये का इंतज़ार करती रहती। तब अंतर्देशीय पत्र में लिखे ख़त आते थे। कभी लाल रंग के, कभी हरे रंग के। लाल का मतलब होता था कि ये ख़त किसी युद्ध या कॉन्फ्लिक्ट क्षेत्र से लिखा गया है। हरा शांति क्षेत्र से पैगाम होता। रेखा जब भी डाकिये को देखती तो मन ही मन हरे इनलैंड लेटर की दुआ मांगती।

6 महीने हो गए थे पर मंगत घर नहीं आ रहे थे। बस उनके लिखे खत लाल रंग वाले इनलैंड लेटर कि शक्ल में हफ्तों बाद घर पहुंचती। 1999 जून के आखिरी दिन डाकिया नहीं आर्मी वाले खुद घर पहुंचे। 8 महीने की प्रेग्नेंट रेखा को बिठाया और वो कह दिया जिसके लिए न वो तैयार थी न उनके आँचल में छिपे बच्चे।

कारगिल युद्ध में द्रास सेक्टर में पाकिस्तानी सेना की गोलीबारी में नायक मंगत सिंह भंडारी शहीद हो गए।

रेखा को समझ नहीं आ रहा था कि वो क्या कहे, क्या करे। सिर्फ 26 साल की उम्र थी, दो बच्चे गोद में, एक पेट में और पति की शहादत का संदेश।

पौड़ी-गढ़वाल डिस्ट्रिक्ट के किरमोलिया गांव तक तब सड़क भी नहीं जाती थी। इसीलिए शहीद मंगत सिंह को अंतिम विदायी भी दूर के एक गांव में मिली। गाँव तक न सड़क थी न जाने की कोई व्यवस्था। इस कारण 8 महीने की प्रेग्नेंट रेखा आखिरी बार न पति का चेहरा देख पायीं न अंतिम संस्कार में शरीक हो सकी।

कुछ दिनों बाद डाकिया एक और चिट्ठी लेकर आया। परिवार वालों ने वो चिट्ठी रेखा को नहीं दिखायी। उस खत में मंगत सिंह ने लिखा था कि 'वो ठीक हैं और जल्दी घर आएंगे।'

पर मंगत सिंह के लिखे इस आखिरी ख़त से पहले उनके शहादत का संदेश आ चुका था। वो खुद तिरंगे में लिपटे आर्मी वालों के कंधे पर आए थे।

एक महीने बाद रेखा ने बेटी मोनिका को जन्म दिया। वो बेटी जिसे अपनी ज़िंदगी में पापा के साथ खेलना तो दूर उनका चेहरा देखना भी नसीब नहीं हुआ। शायद इसीलिए स्कूल में जब दोस्त अपने मां-पापा के बारे में बताती तो मोनिका चुप रह जाती। उसे सिर्फ इतना पता था कि उसके पापा नहीं है। क्यों, कब, कैसे.. ऐसे सवालों के जवाब मां ने अपने बच्चों को कभी ठीक से बताए ही नहीं। रेखा अपने जख्मों और दर्द को बच्चों के सामने बयां करने से बचती रही।

बच्चों को पिता की कहानी टुकड़ों में परिवार, रिश्तेदार, पड़ोसियों से मिलती रही। आखिर में 2006 में जब रेखा अपने बच्चों के साथ दिल्ली में कारगिल शहीदों के परिवार वालों के लिए

बने वीर आवास में रहने आयी, तब बच्चों को पिता की बहादुरी और शहादत के किस्से पता चले। फिर मोनिका गर्व के साथ अपने दोस्तों को पापा की कहानी बताने लगी। अब जब भी उसे मौका मिलता तो यादों का बक्सा खोलकर वो पापा की लिखी चिट्ठी पढ़ने लगती।

हर चिट्ठी "प्रिय रेखा..." से शुरू होती और "मैं जल्दी घर आऊंगा..." पर खत्म होती। इन दो लाइन्स के बीच मंगत हर चिट्ठी में पत्नी रेखा की सेहत का ख्याल पूछते, नीरज और नीलम की बदमाशियों के बारे में लिखते। पर मोनिका नाम किसी चिट्ठी किसी पोस्टकार्ड में नहीं मिलता। वो बार-बार ढूंढती और रोती कि पापा मेरे बारे में कभी पूछे क्यों नहीं। फिर याद आता कि मोनिका बाद में आयी, पापा पहले चले गए। इस दुख को कम करने वो अक्सर इंडिया गेट के पास नेशनल वॉर मेमोरियल चली जाती है। ऑपरेशन विजय की दीवार पर दर्ज पिता के नाम को छू लेती, नमन कर लेती। हर बार ये दीवार उसे एहसास दिलाती है कि उसके पिता कितने जांबाज़ थे जो आज भी यादों में ज़िंदा हैं। ये सोचते वो एकटक अमर जवान ज्योति की लौ देखती रहती और उसमें फक्र से अमर पिता के होने का एहसास करती रहती।

हुमायूँ भट्ट

जम्मू-कश्मीर के बड़गाम में एक छोटी सी जगह है हमहमा। और यहां फ्रेंड्स कॉलोनी में एक छोटे पर प्यारे घर में रहते हैं जम्मू-कश्मीर पुलिस में डीआईजी रहे गुलाम हसन भट्ट। भट्ट साहब का परिवार खुशियों से सराबोर था। महीने भर पहले 14 अगस्त को ही परिवार में एक नन्हीं परी आयी थी। 29 दिनों की इस गुड़िया की किलकारियों से पूरा आंगन खिल उठा था। 14 दिनों बाद बेटे हुमायूँ मुजामिल भट्ट और बहू फातिमा की शादी की पहली सालगिरह थी। अब दोहरी खुशी का माहौल था और बड़े जलसे की तैयारी थी। केक आर्डर हो चुका था, सब बस 27 सितंबर का इंतज़ार कर रहे थे कि पूरा परिवार हुमायूँ-फ़ातिमा की शादी की पहली सालगिरह और उनके बच्चे के जन्म की खुशियां साथ मनाए। हुमायूँ भट्ट के घर लौटने का भी बेसब्री से इंतज़ार था जो अपने पिता के नक़्शे-कदम पर चलते जम्मू-कश्मीर पुलिस में थे और डीएसपी के पद पर अनंतनाग में पोस्टेड थे।

13 सितंबर की दोपहर गुलाम साहब मस्जिद कमिटी के चेयरमैन के नाते पास के मस्जिद में हो रहे रेनोवेशन का मुआयना कर रहे थे। तभी उनका मोबाइल बजा। हुमायूँ का वीडियो कॉल

था। फ़ोन उठाते उसने बेटे की ख़ैरियत पूछी तो हुमायूँ ने बताया कि कोकरनाग के जंगल में एनकाउंटर में उसे गोली लग गयी है। जंगल घना है और लोकेशन ट्रेस करना मुश्किल। इसलिए रेस्क्यू टीम भी समय से नहीं पहुंच पाएगी। पिता खुद पुलिस में ऑपेरशन के वक़्त ऐसे हालात देख चुके थे, इसलिए बेटे से ऐसे जगह जाने की बात कर रहे थे जहां से चॉपर में उसे ढूंढ रहे रेस्क्यू टीम को नज़र आ जाये। पर हुमायूँ सिर्फ इतना कह सके कि अब्बू मैं हिल भी नहीं पा रहा हूँ।

कुछ मिनटों बाद फ़ातिमा के नंबर पर भी वीडियो कॉल आया। फ़ोन पर फ़ातिमा ने जैसे ही हरा बटन दबाया सामने खून से लथपथ लाल हुमायूँ दिखे। पाकिस्तानी आतंकवादियों से लड़ते हुमायूँ गोली लगने से घायल थे। गोली रीढ़ की हड्डी यानी स्पाइनल कॉर्ड के पास लगी थी। हुमायूँ के शरीर से खून और उनके मोबाइल से बैटरी दोनों मानो रेस लगा रही थी कि पहले कौन खत्म होगा। हुमायूँ अपनी ज़िंदगी के आखिरी कुछ मिनटों को जी रहे थे इसीलिए बीवी फ़ातिमा को बता दिया कि उन्हें गोली लगी है। शायद वो ज़िंदा बच न पाए। इसीलिए अपना और बेटी का ख़्याल रखना।

ये आख़िरी अल्फाज़ थे हुमायूँ भट्ट के। एक साल से कम की शादी और एक महीने से कम की बेटी के साथ फ़ातिमा अपनी ज़िंदगी की सबसे मनहूस ख़बर उससे ही सुन रही थी जिसकी सलामती की दुआ हर रोज़ वो ख़ुदा से मांगती थी। पर इस बार इतनी देर हो गयी थी कि फरियाद भी न पहुंचती।

बस कुछ गांववालों की मदद से सेना को घायल डीएसपी हुमायूँ भट्ट और राष्ट्रीय राइफल्स में मेजर आशीष ढोंचोक मिल गए। उन्हें तुरंत श्रीनगर में आर्मी बेस हॉस्पिटल 92 में एयरलिफ्ट किया गया। कुछ वक़्त बाद राष्ट्रीय राइफल्स के कमांडिंग ऑफिसर कर्नल मनप्रीत सिंह भी हॉस्पिटल लाये गए। पर भारत माँ के इन

तीनों सपूतों को बचाया नहीं जा सका। एक हफ़्ते तक अनंतनाग में एनकाउंटर चलता रहा। पर चार योद्धाओं की कुर्बानी देश के हिस्से आयी।

13 सितंबर को देर शाम भट्ट परिवार अपने बेटे का इंतज़ार करने लगा। इस बार बेटा ताबूत में बंद, तिरंगे में लिपटा आया। जिस मुस्कुराते चेहरे को देख आजतक फ़ातिमा हंसती थी आज वो बस उसे देख फूट-फूट कर रोती रही। जिस पिता ने आज तक दूसरों के जनाज़े को कंधा दिया था, वो जब हुमायूँ को श्रद्धांजलि देने बढ़े, तो उनका हर कदम उनकी ज़िंदगी का सबसे भारी कदम लग रहा था। पिता की आंखों से आंसू छलके नहीं, ये देख हर पुलिसवाले की आंखों में आंसू थे। क्योंकि आज तक वो पुलिसवाले अपने साथियों के लिए मातमी धुन बजाते थे, पर किसे पता था कि एक दिन अपने बच्चों के लिए वो धुन बजेगी, वो जनाज़ा उठेगा। पुलिस में हुमायूँ डीएसपी से ज़्यादा भट्ट साहब के बेटे के तौर पर मशहूर थे। पर इस सर्वोच्च बलिदान ने भट्ट साहब को उनके बेटे के नाम से उन्हें चर्चित कर दिया।

त्राल और बड़गाम को देश अब तक आतंकवादी बुरहान वाणी के लिए जानता था। पर अब इस पहचान पर शहीद हुमायूँ भट्ट का नाम दर्ज हो गया था। इस मिट्टी से निकला एक नौजवान कश्मीरियत का पैग़ाम बांटते देश की मिट्टी क़बूल करने अंतिम यात्रा पर निकला तो हर आंखें नम थी, हर दिल इस सपूत को सलाम कर रहा था। रात के अंधियारे में हुमायूँ सुपुर्द-ए-ख़ाक हो गए पर जाते-जाते उसने कश्मीरी युवाओं को घाटी में उजियारा दिखा दिया।

पर इन सबमें फ़ातिमा टूट सी गयी। उसे तो पता भी नहीं होगा कि अंतिम घड़ी में शौहर से बात कर लेने को वो सौभाग्य माने या उस वीडियो कॉल की रिकॉर्डिंग नहीं होने को दुर्भाग्य। हुमायूँ ने जो यादों का बक्सा अपने पीछे छोड़ा है उसमें उनकी मुस्कान

है, उनकी बेटी जिसे अपने अब्बू का प्यार नसीब नहीं होगा और वो आख़िरी लफ़्ज़- "गोली लग गयी है, शायद ज़िंदा बच न पाऊं। इसीलिए अपना और बेटी का ख़याल रखना।"

"सर्वत्र इज्ज़त-ओ-इक़बाल"

(हर जगह इज्ज़त और गर्व के साथ)

आदर्श वाक्य: रेजिमेंट ऑफ आर्टिलरी

उठ जा मेरे लाल

लाल ओ मेरे लाल

उठ जा मेरे बच्चे

इतनी जल्दी क्यों सो गया

उठ जा मेरे बच्चे।

तू कहता था मेरे लिए जीता है तू

फ़िर मेरे खातिर क्यों मरा तू

तू तिरंगे को लहराता था

फिर तिरंगे में लिपट क्यों गया तू।

अपने आँचल में तुझे छुपा लूंगी

दुनिया को शौर्य की कहानी बता दूंगी

उठ जा मेरे बच्चे,

ताबूत में क्यों सो गया है तू।

तेरी आवाज़ सुननी है मुझे

तेरी धड़कनें गिननी है मुझे

वो बूटों की कदमताल सुननी है मुझे

वर्दी पर लटकते सितारे गिनने हैं मुझे

इतनी जल्दी क्यों सो गया

उठ जा मेरे बच्चे।

देख तो, आंगन तेरा राह देख रही है

उसमें तेरी सजनी तेरा इंतज़ार कर रही है

मां की नहीं तो उस नन्हीं आवाज़ की ख़ातिर

एक बार उठ जा मेरे बच्चे।

मुझे नाज़ है तेरी बहादुरी पर

मुझे फक्र है तेरी कुर्बानी पर

वतन पर मर-मिटने का सौभाग्य मिला तुझे

तेरे जैसा बेटा भाग्य से मिला मुझे।

जो छलनी हुए सीने के बाद भी

मेरे लिए लड़ता रहा तू

जो अंतिम सांस तक वतन पर मरता रहा

मेरे लिए अमर रहा तू।

पर मेरा बहादुर बच्चा

क्यों लौटा दूसरों के कंधे पर

बदन पर वर्दी था सच्चा

क्यों आया कुछ इंच छोटा पर।

सरहद से आंखें मिलाकर आया

देश की सलामती का पैगाम लाया

दुश्मनों को खाक में मिलाकर

खुद तिरंगे में लिपटकर आया।

ताबूत में देख दिल भर आया

आंखों में आंसू, ज़ुबान से जय हिंद आया

पर मातमी धुन की पुकार सुनकर

अंदर से चीत्कार आया

लाल ओ मेरे लाल

उठ जा मेरे बच्चे

इतनी जल्दी क्यों सो गया

उठ जा मेरे बच्चे।

"वीर भोग्य वसुन्धरा"

(जो वीर है, वही पृथ्वी पर राज करेगा)

आदर्श वाक्य: राजपूताना राइफल्स

अंतिम पग

14 फरवरी 2019

सुबह-सुबह फ़ोन बजी। आधी सोयी आधी जागी नितिका ने फ़ोन पर मद्धम सुर में हेलो बोला तो सामने से हैप्पी वैलेंटाइन डे सुनाई दिया। बंद आंखों से हेलो बोलकर फ़ोन उठाई पर आवाज़ सुनते नितिका खुश हो गयी। अपने पति विभूति की एक आवाज़ नितिका को सातवें आसमान पर पहुंचाने को काफ़ी होती है।

ये विभूति और नितिका की शादी के बाद फर्स्ट वैलेंटाइन डे था। पर 55 राष्ट्रीय राइफल्स में मेजर विभूति शंकर ढौंडियाल उस वक़्त जम्मू-कश्मीर के पुलवामा में पोस्टेड थे और नितिका नोएडा में एक मल्टीनेशनल कंपनी में काम करती थी। पिछले जनवरी में ही छुट्टियों के समय विभूति और नितिका ने अपने घर देहरादून में कुछ शानदार वक़्त बिताया था। पर एक आर्मी मैन वैलेंटाइन मनाने तो घर नहीं आ सकता, इसीलिए विभु वादा कर गए थे कि पहली मैरिज एनीवर्सरी एक साथ मनाएंगे वो भी जबरदस्त अंदाज़ में।

बातों ही बातों में बात उस पहली मुलाक़ात तक पहुंच गई जब एमबीए कर रही नितिका कौल और आर्मी में मेजर विभूति

मिले, फिर कैसे प्यार परवान चढ़ा और कैसे फैमिली इस शादी के लिए तैयार हुई। 19 अप्रैल 2018 को देहरादून की पहाड़ों में एक कश्मीरी पंडित दुल्हन बनकर आयीं। प्यार की गर्माहट ऐसी थी कि नितिका को लगा कि विभु बस उनके बगल में हैं और दोनों एक दूसरे में खोए हैं।

हेलो... हेलो कहां चली गयी मैडम। विभु की आवाज़ से अचानक नितिका के सपने टूटे और तुरंत वो बोल उठी की फर्स्ट एनीवर्सरी पर तुम पक्का आओगे न। छुट्टी कब अप्लाई करोगे। अभी बता दो वरना मैं आ जाऊंगी तुम्हारे हेडक्वार्टर। विभु हंसे और बोले कि प्रॉमिस है मैडम, एनीवर्सरी पर हम साथ होंगे। फिर दोनों ने बाय किया और विभु ने फ़ोन रख दिया।

शाम करीब 4 बजे थे जब किसी ने नितिका को जल्दी टीवी खोलने बोला। ब्रेकिंग न्यूज़ सीधे पुलवामा से थी और वो पूरे घर में सन्नाटा फैलाने को काफी भी थी। सीआरपीएफ के कॉन्वॉय पर बहुत बड़े टेररिस्ट अटैक की ख़बर आयी जिसमें कई जवानों की शहादत की खबर आने लगी। इंडिया में ये अपनी तरह का सबसे बड़ा हमला था, जब आईईडी से भरी गाड़ी को आर्मी कॉन्वॉय से टकराकर विस्फोट कर दिया गया। आंकड़े बढ़ते जा रहे थे दिल घबरा रहा था, हाथ कांप रहे थे और विभु का फ़ोन नॉट रिचेबल बता रहा था। नितिका को समझ नहीं आ रहा था कि किससे पूछूँ किसको फ़ोन करूं। रात होते-होते पता चला कि पुलवामा अटैक में 40 सीआरपीएफ जवानों की शहादत देश के हिस्से आयी। तस्वीरें ऐसी थी जिसे देख रूह कांप जाए। चीथड़े उड़े थे। बस के भी, जवानों के भी।

आर्मी हाई अलर्ट पर आ गयी और मेजर विभु पर भी ज़िम्मेदारी बढ़ गयी। परिवार और पत्नी उनकी सलामती चाहती थी। देश मेजर विभु जैसे जांबाजों से पुलवामा का बदला चाहता था।

17 फरवरी 2019

इस बार विभु का कॉल आया तो ज़्यादा बात नहीं हुई। बस बताया कि अटैक के बाद जवाबी कार्रवाई के लिए हम पूरी कोशिश कर रहे हैं। इसीलिए टाइम नहीं मिल पा रहा।

मेजर विभु की एक आदत रही थी कि वो किसी भी ऑपेरशन में जाने से पहले पत्नी नितिका को फ़ोन कर लेते। वो वाइफ को बोलते थे कि उनकी लाइफ ऐसी है कि कौन सा दिन आखिरी हो, पता नहीं। इसीलिए ये मलाल नहीं रहना चाहिए कि लास्ट टाइम अपने प्यार से बात नहीं हुई।

18 फरवरी 2019

अपनी छोटी छुट्टियों के बाद नितिका वापस दिल्ली जा रही थी। सुबह 5 बजे की जनशताब्दी देहरादून से खुली और 11 बजे उसे दिल्ली पहुंचना था। नितिका आराम करते सफर में थी कि करीब 10 बजे उनके फ़ोन की घंटी बजी। हेलो बोलते सामने से जो आवाज़ आयी उसको नितिका शायद कभी न भूल पाएंगी। मेजर विभूति शंकर ढौंडियाल नहीं रहे, हॉस्पिटल पहुंचने से पहले ही उनकी सांसे थम गईं।

उस भरी ट्रेन में नितिका अकेली पड़ गयी। आंखें छलक रही थी, दिल रो रहा था। फिर भी जैसे-तैसे खुद को संभाली और शाम तक वापस देहरादून पहुंची। पर अपने घर पहुंचते ही सब्र का हर बांध तोड़ते आंसुओं का समंदर बह गया। कुछ समझ नहीं आ रहा था कि ये क्या हुआ, कैसे हुआ।

अपनी जवान बहु को फफक-फफक कर रोते देख मां सरोज ढौंडियाल समझ चुकी थी कि जिस दिल की वो मरीज़ हैं उसका टुकड़ा अब इस दुनिया में नहीं रहा। नीतिका को यकीन नहीं हो पा रहा था कि पिछली रात 17 फरवरी को जब वो और देश के करोड़ों लोग सो रहे थे तब 55 राष्ट्रीय राइफल्स और जम्मू-

कश्मीर पुलिस की एक टीम पुलवामा हमले के गुनाहगारों से आमने-सामने की लड़ाई लड़ रही थी। 17 घंटे तक चले ऑपरेशन में मेजर विभूति फ्रंट से लीड कर रहे थे। पर एक घर में छिपे जैश-ए-मोहम्मद के आतंकियों को जैसे ही सेना के होने की भनक मिली उनकी ओर से ताबड़तोड फायरिंग होने लगी। गोलियों से मेजर साहब घायल हुए लेकिन फिर भी सांसें दम तोड़ती उससे पहले पुलवामा हमले के एक मेन हैंडलर का पीछा करते उसे दबोच लिया। आखिरी सांस तक लड़ते मेजर विभूति ने एक आतंकवादी को मार दिया। इस ऑपरेशन में तीन आतंकवादी मारे गए, तीन पुलिसवालों के अलावा 55 राष्ट्रीय राइफल्स के मेजर विभूति ढौंडियाल शहीद हो गए।

19 फरवरी 2019

सिर्फ 9 महीने की शादी के बाद नितिका एक शहीद की विधवा हो गयी। शादी की पहली सालगिरह पर विभु को घर आना था, पर तीन महीने पहले आ गए। तिरंगे में लिपटे एक ताबूत में बंद। और पिछली रात से आज सुबह तक नितिका बस उस चेहरे को निहारे जा रही थी। 8 बजे रात को ही कश्मीर से मेजर ढौंडियाल की बॉडी देहरादून में नैशविले रोड पर उनके घर पहुंच गयी थी।

कश्मीर में जन्मीं पंडित नितिका से पिछली बार ऐसी ही एक काली रात ने कश्मीर में उनसे घर छीना था तब वो सिर्फ कुछ महीनों की थी। इस बार पति छीना तो वो मात्र 9 महीने की ब्याही थी।

घंटों तक वो मेजर साहब के मुस्कुराते पोज़ वाले फ़ोटो और ताबूत में उसी वर्दी में बंद एक बेजान हकीकत को एकटक देखती रही। तबतक जबतक सेना की मातमी धुन न बजी। श्रद्धा के चढ़ते फूल और जवानों की कदमताल के बीच बैंड पर बजती धुन इशारा थी कि नितिका के हाथों से वक्त रेत की तरह फिसल रहा है।

आख़िरी कुछ मिनट थे जब नितिका अपने विभु को आखिरी बार देख रही थी, इसीलिए कुछ शब्द दिल से निकल पड़े।

"तुमने झूठ कहा था कि तुम सबसे ज़्यादा प्यार मुझसे करते हो। क्योंकि सच ये है कि तुमने सबसे ज़्यादा प्यार देश से किया। मुझे गर्व है तुम पर। हम सब बहुत प्यार करते हैं तुमसे। लेकिन तुम जिस तरह सबसे प्यार करते हो, वो तरीका बहुत अलग है। क्योंकि तुमने तो उन लोगों के लिए अपनी कुर्बानी दी जिससे तुम कभी मिले भी नहीं। तुम बहुत बहादुर हो। ये मेरा सौभाग्य है कि तुम मेरे हस्बैंड रहे। मैं अपनी अंतिम सांस तक तुमसे प्यार करती रहूंगी। मेरी ये जिंदगी तुम्हारे लिए होगी।"

जिस नयी दुल्हन ने शादी के बाद का पहला बसंत भी नहीं देखा, उससे पहले वो विधवा हो जाये इससे बड़ा दर्द क्या होगा। इसीलिए नितिका की बातें वहां मौजूद हर फौलादी फौजी तक को रुला रही थी। हरे कुर्ती के ऊपर विभु की पसंदीदा ब्लैक कलर की ओढ़नी डाले नितिका तिरंगे में लिपटे मेजर विभु के पास गयी। उनके अदम्य साहस और बलिदान के लिए उनको सैल्यूट किया फिर उनके कानों में कहा "आई लव यू विभु" और एक लास्ट किस कर उन्हें अलविदा कह दिया।

साथ जीने-मरने की कसमें खाकर अग्नि के सात फेरे लेने वाले विभु का शरीर पांच तत्वों में मिल गया। इस बार की अग्नि विभु और नितिका की जुदाई वाली थी। जो मेजर दुश्मनों पर बंदूक ताने रहता था, आज उनके सम्मान में बंदूकें झुकी थी। जिसको म्यूजिक पसंद था उसके सर्वोच्च बलिदान के लिए सेना की मातमी धुन बज रही थी।

नितिका से सब छिन गया और बदले में उसे यादों का बक्सा मिल गया। विभु की वर्दी, मेडल, जूते, बंद घड़ी, कुछ फोटोग्राफ्स और वो तिरंगा जो आखिरी वक्त में विभु को अपने में समेटे रखा था। नितिका ने रूम के एक कॉर्नर पर उस वर्दी को खूंटे से टांग

दिया। विभु की हर चीज़ सजा दी ताकि वो हमेशा नितिका के साथ रहे। उनका प्यार, उनकी हिम्मत बनकर।

जो आंगन अपने बहु के होने से चहक उठता था, जो हर दिन बेटे के घर आने का इंतज़ार करता था वहां वीरानी छा गयी थी। मां को खुद होश नहीं था, बहु अलग सदमे में थी। नितिका विभु के जाने के दर्द में डूबी थी। घर पर कई लोग थे परिवार, रिश्तेदार पर फिर भी नितिका अकेली थी। 28 साल की उम्र में विधवा हो जाना और फिर आगे की पूरी ज़िंदगी के बारे में सोचना। वो अपने खुद के कई सवालों में उलझी थी। फिर 15 दिन के बाद ही वो उठी और ऑफिस के लिए रेडी हो गयी। सिर्फ इसलिए कि उसे उस ग़मगीन माहौल से निकलना था, वरना वो अपने दर्द से कभी उबर नहीं पाएगी। दिल में सौ तरह के ख्याल आ रहे थे कि सिर्फ 15 दिन में घर से निकलना कैसा रहेगा, लोग क्या कहेंगे। कपड़े कौन से पहनने चाहिए। ऑफिस में कैसे रहूंगी नॉर्मल या जैसी हूं।

टीसीएस देश की नामी कंपनी थी जहां वो करियर की सीढ़ी को मेहनत से पार कर रही थी। कुछ महीने पहले तक उसे अपना काम पसंद था। लेकिन अब नितिका को लगने लगा कि यहां उसकी मंज़िल नहीं है। 6 महीने गुजरे थे, अक्टूबर का महीना था वो, जब एक सुबह वो अपनी सास के पास आयी और बताया कि 'मां मैं आर्मी जॉइन करना चाहती हूं।'

मां सरोज समझ नहीं पा रही थी कि क्या कहूँ। आर्मी की यूनिफॉर्म में बेटा शहीद हो चुका था, बहु उसी रास्ते जाने की बात कर रही थी। एक मन रोक रहा था, एक गर्व कर रहा था। इसी कश्मकश में मां बोली- "बेटा तुम्हें जो मन करे वो करो।"

शार्ट सर्विस कमीशन (एसएससी) के लिए एज लिमिट 27 साल होती है लेकिन किसी ऑपरेशन में शहीद हुए जांबाज़ की विधवा के लिए वो रिलैक्सेशन 35 साल थी। आर्मी के टेक्निकल विंग के लिए नितिका ने पर्चा भर दिया। उसके सामने अपने आगे की

ज़िंदगी का ख़ाका इतना क्लियर था कि वो सेकंड भर भी बर्बाद नहीं करना चाहती थी। फर्स्ट अटेम्प्ट में रिटन क्लियर हुआ और इंटरव्यू का कॉल आ गया।

इंटरव्यू में सवालों की बौछार के बीच बोर्ड ने पूछा कि आप कितने टाइम मैरिड रही। नितिका ने बिना हिचकिचाहट बोला दो साल से।

सारे बोर्ड मेंबर हैरान हो गए, एक ने पूछा कि हमें तो पता है कि आपकी शादी को सिर्फ 9 महीने हुए थे। नितिका मुस्कुराई और बोली "सर विभु फिजिकली साथ नहीं है लेकिन इसका ये मतलब नहीं कि हमारी शादी खत्म हो गयी। हम दो साल से साथ हैं।"

जल्द ही नितिका को खुशियों का रिजल्ट मिल गया। एसएसससी में उसका सेलेक्शन हो गया और ऑफिसर्स ट्रेनिंग एकडेमी, चेन्नई से बुलावा आ गया। वो कहती रही कि "ये सब विभु के लिए। जिस रास्ते वो चले, उसी पर मैं चलूंगी, और एक दिन वो आर्मी ऑफिसर बनूंगी जिस पर सब को गर्व हो। विभु को अपनी नितिका पर नाज़ हो।"

एक साल चेन्नई के ट्रेनिंग स्कूल में वो जूझती रही। एक आईटी प्रोफ़ेशनल की ज़िंदगी और मिलिट्री लाइफ में ज़मीन आसमान से भी ज़्यादा का फ़र्क होता है। लेकिन ट्रेनिंग से पहले ही नितिका फ़ौलादी दिल लेकर इस दहलीज़ को पार की थी। मेहनत से, पसीने से, खून से, हर बलिदान से वो ऑलिव ग्रीन पहनना चाहती थी जिसके लिए विभु ने अपना सबकुछ न्योछावर कर दिया था।

29 मई 2021

विभु के गए करीब 27 महीने हुए। पर इन दो सालों में नितिका ने क्या हासिल किया वो आज पूरी दुनिया देख रही थी। चेन्नई में ऑफिसर्स ट्रेनिंग एकडेमी में पासिंग आउट परेड शुरू हुई तो

सब नितिका को देखते रह गए। शरीर पर ऑलिव ग्रीन यूनिफॉर्म, माथे पर टोपी और दिल में हिंदुस्तान लिए उसकी गरज आसमान तक जा रही थी। यूं तो पासिंग आउट परेड के बाद यूनिफॉर्म पर बैज और स्टार्स पाइपिंग कैडेट के मां-पिता करते हैं लेकिन इस सबसे स्पेशल कैडेट के कंधे पर स्टार लगाने खुद नॉर्थरन कमांड के कमांडिंग इन चीफ लेफ्टिनेंट जनरल वाई.के. जोशी आये। आर्मी में नितिका का स्वागत करते उन्होंने बोला कि 'नितिका आप पर हमें गर्व है।'

9 महीने की शादी में विधवा, अलविदा कहते वक़्त पति को आई लव यू किस और दो सालों के अंदर आर्मी यूनिफार्म में लेफ्टिनेंट। नितिका के अंदर खुशियों का एक रोलर कोस्टर चल रहा था। विभु के सपने को जीने और विभु के बलिदान पर मिल रहे शौर्य चक्र को लेने वो वर्दी में जाएंगी ये सोच ही उन्हें गूज़बंप्स दे रही थी।

इन सारे जज़्बातों और करोड़ो लोगों की प्रेरणा बन नितिका ट्रेनिंग अकादमी की अंतिम पग पार कर गयी।

"बलिदान परम धर्म:"

(जंग में बलिदान सबसे बड़ा धर्म है)

युद्धघोष: पैराशूट रेजिमेंट